文學新象 267

維修專門店貓庵
爲需要的人提供肉球

お直し処猫庵
お困りの貴方へ肉球貸します

尼野ゆたか——著
山貓哥哥（山貓兄妹）——繪
李惠芬——譯

高寶書版集團

目錄

第一章

店長的貓毛剪影吊飾

下田由奈不擅長許多事。舉凡運動（投球跑步跳高樣樣不行）、下廚（甚至連蔬菜的皮都削不乾淨）與智慧手機截圖（同時按下音量鍵與電源鍵卻失敗），涉及範圍很廣，但其中最棘手的是「說話」。

她從小就拙於言詞，無論是面對少數人或多數人，甚至是一對一，由奈總是笨嘴笨舌。說話的時機、發聲、說話時的視線——跟說話有關的她通通不在行。假設有全國會話能力選手權之類的比賽，由奈會在筆試時就被刷下來，根本沒出場機會。

由奈能誕生在有程式設計師這項職業存在的時代裡，真的很幸運。至少工作時幾乎不用與人交談。

當然也不是一年到頭都不用開口。比如和顧客開會，或與上司確認工作內容等，也時常會遇到這些消耗自身能量的狀況。不過這算是在社會上生存，必須付出的最低限度的代價吧。

話說回來，這樣生性木訥的由奈其實有男朋友。沒聽錯，就是所謂的男朋友。連她自己也不敢相信。

男朋友的名字叫做井川克哉，他和由奈不一樣，是社交型人物，而且工作是營業業務，口才優劣至關重要的職種。就總是想盡辦法避免與人交談的由奈來看，克哉是宛如異次元般的人物。

由奈真的能跟這樣的對象順利交往嗎？如何跨越不同次元的藩籬呢？

「我跟妳說，對方似乎超滿意我的。」

「是喔。」

「不是叫我教他們小孩唸書，就是邀我下次跟他們去家族旅行，簡直把我當成一家人看了。」

「哇！那很棒呢！」

由奈會隨聲附和他。

「很多人說我們這世代『公私不分』是NG的，但我可是綽綽有餘。而且主管也很賞識我，會詢問我對事情的意見。」

「哦哦。」

全力順著對方的話答腔，好好當一名聽眾。她並非只對克哉這樣，基本上需要對話的場合，由奈大部分都像這樣附和對方。

這套附和對方的「戰術」，是由奈在中學一年級的球類比賽時發明的。在同學熱烈討論某某社團的某某同學很帥的時候，由奈實在搭不上話只能頻頻點頭，竟然發現這作法似乎行得通。於是由奈透過「點頭」這行為，找到自己在班上最適合的位置——同學A。

那天起，由奈經歷了高中生A、重考生A、大學生A以及公司職員A的生活。由奈除了家人之外能說真話的對象，真的是寥寥無幾。

「老實說，我對這種『博得信賴的技術』頗有自信，但沒想到能如此順利，連我自己都嚇一大跳呢。」

「克哉好厲害喔！」

於是乎，只要好好當一個聽眾就不會出錯。

「不過，這也只是第一步而已。我可不會滿足於只當一個受到公司讚賞的業務員。」

「克哉的目標是往上升吧！」

話語量要少。不需提出新的意見，完全順著對方的話答腔。音調要有抑揚頓挫，不讓對方有制式化回應的感受。

「沒錯！要升官，要飛黃騰達！」

克哉興致勃勃地滔滔不絕。由奈的「戰術」今天也戰無不勝、攻無不克。

由奈看著眼前的盤子。大尾的蝦子、顏色鮮豔飽合的獅子唐青椒、大小易入口的南瓜等，全都包裹著黃金色澤的麵衣——亦即炸天婦羅。

現在兩人是在炸天婦羅的店裡。這是克哉推薦的店，他似乎平時也會在這裡招待公司客戶。榻榻米墊的包廂充滿寧靜的氛圍，的確是個適合商業晤談的空間。

輪流吃了獅子唐青椒和蝦子，再試吃一口南瓜。先吃到酥脆的口感，再嚐到南瓜醇濃的甜味。美味極了。特地用麵粉將食物裹起來再放入熱油中，由奈對這種食物的意義在哪兒再清楚不過。

每次吃飯都選在克哉推薦的店裡。畢竟與人會面、吃飯是他工作的一環，克哉的選擇從沒出錯。挑選餐廳交給他就萬事OK。

「還是該獨立門戶創業吧。可是現今這樣的世道，風險太大的選擇也——」

克哉話說到一半，手機震動聲響了起來。是由奈的智慧手機。她拍了料理的照片後便這麼放在桌邊。

由奈拿起手機，想收進包包裡。克哉不喜歡自己說話時被打擾，更別說邊滑手機邊聽他說話了。

「對了。」

克哉開口。由奈窺探到他面露詫異，但似乎沒在鬧脾氣。她鬆了口氣，再度準備收手機，此時克哉續道：

「把這吊飾拿掉吧？很幼稚耶。」

由奈自己也很驚訝竟然會對這句話感到受傷。她內心很緊張，想著得把這場面緩和一下才行。

由奈掛在手機上的吊飾只有一個，是貓手形狀的吊飾。大小跟小指頭一樣，肉球的部分則充滿彈性。

這吊飾的確很幼稚，或許該聽克哉的，拿掉它比較好。

自從交往以來，由奈任何事都乖乖配合克哉的意見。克哉頭腦聰明品味又好，與其自己去煩惱，讓克哉做決定大都獲得好結果。

——然而。只有這次例外，由奈就是不想聽他的。她實在不想拿掉吊飾，雖然連自己也不知道原因。

那天之後過了一星期的某一天。由奈請了年假。也不是特別有事要請假，只是剛好順勢趁機請年假而已。

因為是沒什麼特別動機請的年假，自然也沒什麼重要目的。她甚至沒對任何人說。今天是平日克哉在工作，其他（為數甚少）的朋友們也一樣在上班。

倒也不覺得這樣枯燥無聊。反而有種接近解放的感覺。這股愉悅感促使由奈出門散散步。

由奈的公寓位於住宅街一角。平日白天人很少，可以悠哉地信步而行。再過不久路上就會出現放學回家的學生，她打算在那之前回去。要是被孩子們好奇地注視，會令她有點難為情。

既然沒有要跟任何人見面，服裝儀容只作最低限度的打扮。襯衫加外套搭配牛仔褲，腳下踩著布希鞋。

早春的陽光和煦溫暖。正是適合散步的好天氣，心情也跟著愉悅起來。雖然由奈無論工作或性格都偏愛室內活動，但她並不討厭戶外活動。

「哦！」

心血來潮在十字路口轉彎，遇到了梅花樹。梅花樹從民家的院子長長地伸出來，樹上長滿秀麗的花朵。雖然提到春天的花時，千篇一律答案都是櫻花，但梅花沉靜的氛圍倒也挺不錯的。

由奈拿起了手機想拍梅花。手機上的吊飾隨之輕輕晃動。

『把這吊飾拿掉吧？很幼稚哎。』

她想起克哉的話。明明不願回想，卻逕自浮現於腦海中。

到底為什麼會這樣排斥呢？克哉本來就會挑東揀西地囉唆，而由奈平時也都會配合他。

「咦？」

——忽然間。有個東西從沉思中的由奈面前走過去。正好是能讓人一把抱起的大小，四隻腳，毛絨絨，溫暖又柔軟的生物。

「是貓耶。」

由奈喃喃說。沒錯，是隻貓。耳朵與頭部是黑色，眉間往下則是白色的「八」字形花紋。通常被稱為賓士貓。

貓咪瞄了下由奈，他的眼睛像是黃色又像是黃土色。瞳孔受到明亮的日光照射而呈細長的一條線。

由奈和貓四眼相對時，腦海中瞬間閃過一個鮮明的回憶。

——那是剛升上國中的時候。從小玩在一起的玩伴（為數甚少）們各自分到不同的班級，且那時還沒學會目前的「同學A必殺戰術」，是由奈的人生中煩惱達到巔峰時期所發生的事。

孤孤單單放學回家的由奈面前出現一隻貓。花紋雖然是賓士貓，但黑色的部分記得是帶點灰的。

貓咪起初每次見到由奈就逃跑，一副要她「別靠近我喵！」的樣子。直到由奈用學校午餐的麵包跟牠交涉，貓咪才「真拿妳沒辦法喵」，態度終於軟化下來。

「還有啊，大家都在講偶像的事情，我也得去了解才行吧。」

由奈摸著坐在民房圍牆上的貓咪，自言自語地抱怨那天發生的事，而貓咪只是看向別處頻頻打呵欠。雖然態度明顯沒在聽她說話，由奈卻被深深療癒了。玩伴們忙著跟新同學培養感情，跟家人說的話又怕他們擔心。是故，由奈不用太多顧慮，敞開心扉說話的對象，只有貓咪。

幸好最後由奈靠著球類比賽時學會了「戰術」，才終於有辦法讓心平靜下來。幾乎同一時刻，貓咪也消失不見了。所以她無法向牠報告：「自己現在過得很順利喔。」

球類比賽是在暑假之前舉辦的學校活動，算起來和貓咪說話的時間其實很短，但卻在由奈心中留下強烈的印象。在那之前，由奈對貓咪既不喜歡也不討厭，但在那之後則成了熱情的貓奴——

貓瞥了一眼被推進記憶洪流中的由奈後，頓時把臉撇開跑掉了。由奈瞬間回過神，追在後頭。

貓時不時回頭睨了下由奈又跑掉。既不逃也不等她，一靠近他就離開，一離開他又停駐腳步。保持一定的距離，小快步地走在由奈前頭。

眼看是追不上了。由奈索性拿起手機，至少拍張照紀念也好。

貓前進的方向是附近的公園，由奈不由得地警戒了起來。這座公園裡有為了健康地度過餘生，花上大量時間散步的老人家，以及靠社群媒體共享日常生活的大學生用單眼相機拍著天空或花草。這類的人時常隨意向人攀談，對由奈來說非常頭大。

「——很好。」

由奈一進到公園裡，便露出滿意的笑容。公園裡沒半個人。這樣她就能安心地盡情拍貓。

貓咪翹起尾巴繼續往前走。牠在沒有半個人的公園裡，旁若無人地東看看西看看。

這段期間由奈拍了好幾張照，卻全都失敗。畢竟由奈是連截圖都不太會截的人，當然也難以捕捉動來動去的貓咪身影。

貓逛完公園後，便移動到公園角落的草叢蔭裡。明明是如此廣大的空間，卻特地窩在小角落裡，的確很有貓咪的作風。

由奈小心翼翼地不要碰到草叢（因為聲音會讓貓咪逃跑），一邊慢慢靠近。

「乖乖坐好，不要動喔。」

由奈輕聲說，一邊慢慢拉近與貓咪的距離。她的腰蹲很低，手伸直直手機朝向貓咪，一面徐徐接近。

「啊！」

——這明顯是由奈的失誤。雖然平常比較容易注意到她不擅言語的那一面，其實由奈還有其他不擅長的事物。沒錯，就是運動。

不擅運動的意思就是「操控自己身體的能力相當低」，不僅投球或跳舞之類的動作做不好，就連蹲下邊往前一步步移動的動作也很拙劣。

「好痛！」

簡單說，由奈一個不平衡往前摔倒。雙膝跪地，兩手也跟著伸出去撐在地面上。擺出了近似於土下座的姿勢。

賓士貓則以比由奈快幾百倍速度的動作站起身來，一溜煙地跑開。

「啊！等一下！」

貓咪當然不可能乖乖聽話停下來。剎那間就不見身影，只剩下呈跪拜姿勢面對草叢的由奈。唉，徹底失敗了。

身陷沉痛打擊的由奈站了起來。多虧牛仔褲保護膝蓋沒受傷，手也不痛。被飛拋到地面的手機也毫無問題地繼續運作。螢幕沒有裂痕，應該沒事——

「唔？」

突然覺得怪怪的。由奈仔細地檢查著自己的手機。感覺跟平時不太一樣，好像差了什麼，缺了什麼。

「——啊！」

由奈發現出問題的地方是吊飾。上頭的貓手不見了，只剩連在繩子前端圓環狀的五金配件，虛弱地吊在那裡。

她慌張地找尋四周卻沒找著。吊飾最後還在的時間——大概是從包包裡拿出手機的時候。感覺快昏倒了。看來是在追貓咪時掉的。不知道找不找得回來？

——不是這個。由奈盯著地上走了起來。無論如何她一定要找到那吊飾。

「找到了！」

出乎預料的，由奈馬上就找到貓手，只見它插在剛剛閃開的草叢中。太好了。由奈內心鬆了口氣。

她將貓手拿起來。想必是穿過草叢旁時勾到了什麼東西，掛鉤才會鬆掉吧。

貓手側邊是飾品上常用的那一種掛鉤。只要按下小小的凸起物，掛鉤的一部分就會打開，可以勾在其他的掛環上。

由奈很快地試著按按小小的凸起處，但掛鉤卻沒打開。

「奇怪？」

連按了幾次，掛鉤都沒有反應。由奈繼續亂按，最後才終於放棄。看來似乎是壞掉了。

再也沒有力氣繼續散步了。

由奈垂頭喪氣地走著。唉，真是沒意義的休假日。不對，沒有就等於零，還算好的。實際上，情況卻是負的。吊飾壞掉而導致她的心理層面出現大赤字。

試著用正面思考看看吧。——太棒了！這樣就不用擔心被克哉唸東唸西了。下次和克哉見面時跟他說「吊飾斷了」或「這樣剛好，不用掛吊飾了」很好，問題解決！

「——不行。」

這想法也不好。究竟是怎麼回事？連由奈自己也無法理解——

「非也！這可行不通！」

當由奈正面臨尚無答案的煩惱時，叫喊聲卻突然飛進她的耳裡。那是道低沉且自傲的男性嗓音。聲音中聽得出經歷過人生豐富的淬鍊。

她好奇地四下張望。「非也」這句在現代日本的大街上不會聽到的措詞，引起她的興趣。

沒找到聲音的主人。吸引由奈目光的反而是一家店。

茶色的門扉、門的左邊是展示用的櫥窗。櫥窗中陳列著手作皮包、飾品以及春裝，並非值得一提的店家。

然而，要說什麼引起由奈的興趣，就屬擺在店頭前的招牌。那招牌就像有著時髦午餐的咖啡店會使用的立式招牌。

招牌上寫著店名——「貓庵」。沒錯，是貓。由奈光看到字就反射性地起了反應。更特別的是，「庵」字翹起來的部分還畫成貓尾巴的模樣，真是絕妙的設計。

店名下方寫著「萬物皆可維修」，似乎也有「換毛時期優待」的優惠。怎麼想都相當謎樣，但對身為貓奴的由奈來說，就連這點也令她心跳加速——不對，等等！萬物皆可維修嗎？

由奈從皮包裡拿出吊飾，盯著壞掉的掛鉤。既然說是「萬物」，那這種東西也會幫忙修好吧？

「聽好！放開老夫！」

沉浸在思緒中時，又響起這低沉的聲音。

「放開！竟敢不放！」

是從店裡頭傳出來的。他們是將音量調到最大在看時代劇嗎？抑或是從戰國時代穿越過來的武士撞見了現代人，而掀起了巨大騷動呢？

由奈不禁對自己誇張的想像感到好笑。在現今的漫畫或輕小說中也不怎麼看得到這種劇情了吧。

「蠢蛋！」

門一開啟，從中出現一隻貓，毛色像是深褐又像是灰色，還有黑色的虎斑。也就是一般所說的黃虎斑貓。下巴到胸前的毛長而蓬鬆的部分也有點像是緬因貓。

瞳孔的顏色很奇妙。既不是金色也不是茶色，而是夕陽餘暉下的大海顏色。

「老夫受夠了！」

貓咪站著。——沒錯，是站著的。他用後腳站立，而且用兩腳步行。

「事以至此，就讓你瞧瞧兵法的真髓！」

貓咪的嘴巴蹦出自傲的低音。由奈仍一臉苦笑地僵在那裡。是貓嗎？貓站起來走路？

說人類的話？

「即三十六計走為上策，是也。」

貓咪一關上門便急急忙忙跑了出去。不用說，當然是以後腳站立的姿態。雙手擺動、大腿上抬的人類跑法。

由奈對這畫面啞然失語。現在是怎樣？武士穿越時空而來反而還比較接近現實一點。

「啊！店長！不可以跑出去啊！」

門隨著這個聲音開啟。露出臉來的是一名青年。青年穿著圍裙，手裡拿著梳子。

「懶得理你！」

一出店外，青年便抓住了貓咪。這隻貓的全力奔馳，速度簡直慢到不像貓，青年光小跑步的程度就追上了。

「營業時間中放著店唱空城計，有失店長資格哦。」

青年用力抓住貓咪身體的兩邊，然後一把抱起來。

「哼，狡猾之人。」

貓咪掙扎著，但完全逃不了。以貓咪柔軟的身體，想必只要身體一彎後腳一蹬，便能輕易脫逃。這隻貓可能是身體很硬不然就是很遲鈍，光是手腳亂踢亂蹬就已經夠辛苦了。

「好了，那就回去再梳——唔？」

青年似乎察覺到由奈的存在。

「啊，妳有東西要修嗎？現在是換毛期優待，非常划算。」

青年抱著那隻貓咪面向由奈說。

「唔。老夫就出肉球幫妳一把吧。」

貓咪維持著被抱起來的姿勢，口氣狂妄地說。

——這種時候會順口應和說「好」，是由奈的壞習慣。

「貓庵」的店內裝潢用一句話來形容就是，和風喫茶店風。

右側牆邊縱向擺著兩張四人桌。桌椅全是木頭製，深茶色的色調演繹出穩重沉靜的氣氛。桌子之間則是用竹製的隔板分開。

店內左側前方有個空出來的空間，裡頭有吧檯。吧檯的顏色也與桌子同色系，上頭插著一把超大的紅色和傘。

吧檯後面的牆架設著棚架，上頭擺著各式各樣的東西。縫紉機、加勒比海海盜用的望遠鏡、智慧音箱、不知為何也有類似刀的東西。店內其他地方的風格都一致，卻只有這裡的東西豐富多變。

「請坐。」

青年拉開吧檯椅子勸坐。

「謝謝。」

由奈慌張地點了下頭便坐入椅上。

椅子的座面上擺放著與剛剛那隻貓一樣的虎斑花紋座墊。一坐下去，軟軟的很舒服。椅背雖低，卻能完整地支撐著身體。

「嘿咻。」

那隻貓咪坐在旁邊的椅子上。他和由奈一樣，以臀部坐在座面上的姿勢。這椅子似乎設計成不只人，而是貓咪也能坐的款式。可是，這怎麼可能。

「小姑娘，妳怎麼了？」

貓咪開口問一臉愕然的由奈。依然是時髦大叔的低沉嗓音。

「想必是嚇到了吧？畢竟從未看過用狂妄語氣說話的貓啊。」

青年走過兩人身後，一邊替她解釋。

「狂妄是啥意思？明明你這小鬼語氣才狂妄，身為徒弟竟如此囂張。」

貓咪頭轉回去怒罵說。前腳氣憤地敲打吧檯。在他生氣時這樣想雖然很失禮，但真的好可愛喔。

「我不是小鬼。」

青年回了這一句便往店裡頭走去，裡頭的吧檯有一扇門。

「我去準備喝的。」

青年推門進到吧檯中，便對由奈投以微笑。

「機會難得，請妳好好陪店長聊一聊。」

「別再叫店長了，不是要你叫老夫庵主嗎？」

貓咪語氣不耐煩地插嘴說。

「這種稱呼客人不懂啦，又不是現代的語言。」

隨便應付完貓咪，青年開始著手準備。

「荒謬！什麼叫做『現代的語言』。茶道是不會對流行趨炎附勢的。」

貓咪氣憤地說，前腳靈活地做出像是雙手抱胸的姿勢。果然很可愛。壓在屁股下的尾巴，不悅地啪嗒啪嗒搖動。那擺動也可愛極了！

雖然眼前的畫面如此賞心悅目，卻非常脫離現實。會不會摔倒的時候撞壞了腦袋呢？是不是在作夢，真正的自己正單手拿著手機昏倒在公園裡呢？

「話說回來，小姑娘。什麼東西壞了？」

店長——因為不曉得「庵主」究竟是什麼意思便直接如此稱呼——問她。即便此刻被破壞得最徹底的是常識與現實感，但對方也不是在問這個問題。

「呃，這個嘛——」

由奈手伸進包包拿出吊飾。

「就是這個。」

「唔，讓老夫看看。」

店長放開環抱胸前的前腳，伸出了一隻前腳。

「啊，好的。」

由奈猶豫了半晌才將吊飾拿給店長。

「唔唔。」

店長收下吊飾後，目不轉睛地盯著瞧。

「原來問題出在這裡。」

最後店長瞭然於心地點點頭，看向青年的方向。

「小鬼，倉庫裡還有問號鉤吧？去給老夫拿來。還有鉗子也別忘了。」

「不要啦，我現在才正要磨咖啡豆，請自己去拿。」

對於店長的指示，青年語露不滿地拒絕。

「不准頂嘴，這也是修業的一環。」

店長用另一隻沒拿吊飾的前腳，拍打著吧檯說。

「好好，老愛把徒弟當傭人使喚。」

青年邊抱怨邊走進吧檯裡頭。盡頭處有扇門，青年打開門走進去。

「真受不了，只有頂嘴他最會。」

店長鼻子哼了一聲。

由奈愣愣地看到他們兩人鬥嘴。其實心中有滿腹的疑問。為什麼貓咪會說話呢？為什麼青年會毫不在意地接受貓咪說話這件事？徒弟又是怎麼回事？

由奈卻問不出口，誰叫她本來就不擅長跟人類說話，要跟人類以外的生物說話，更是怎麼想都不可能——

「怎麼了小姑娘？想說什麼就直說吧。」

店長突然斜眼看向由奈。

「欸？」

由奈嚇一跳。這隻貓咪，難道不僅能說話，還能讀懂人心嗎？

「何必如此震驚。光看客人的表情，老夫便大概猜得出在想什麼。」

店長嘴角上揚，笑著說。理應是諷刺人的表情，在貓咪身上卻又萌又可愛。

「這也算是免費的服務，來吧，跟老夫聊聊。」

店長催促說。

「這個嘛——」

他這麼說由奈反而更加困擾。由奈腦中湧入無數的疑問。該問哪一個呢？

「快點快點！」

「問號鉤拿來了。」

門打開，青年回來。明明也沒被逼問什麼，卻覺得壓力更大。

「這個，請問——」

由奈的混亂終於達到巔峰。

「請問貓庵究竟是怎樣的店呢？」

她脫口冒出這樣的疑問。其實，這也不是她最想問的事情。但眼前的狀況就像轉動的抽獎機一樣，裡頭的彩球轉來轉去後，剛好就掉出了這一顆。

「噗！」

一瞬間青年噴笑出來。

「你看看，又來了店長。我不是說了嗎?行不通的。」

青年邊笑邊拍拍店長的頭。

「哼，哼哼哼。」

店長不爽地悶哼。

「請問，那個。我問了什麼奇怪的問題嗎?」

由奈不解地問道。這應該是最理所當然的疑問才對。外頭的招牌上寫著「維修專門店」等字，進來一看卻有吧檯，不僅店內氣氛宛如和風咖啡店，貓咪還會說話。覺得不可思議也很正常吧。

「不是不是，店長生氣的是店名啦。」

青年笑得更大聲，一邊解釋說。

「其實這家店不唸成『貓庵』，而要唸做『喵庵』啦。」

「喵庵。」

她跟著重複一遍。沒想到竟然是這樣唸啊。

「受不了，連這點風趣也不懂。真是氣人。」

店長氣呼呼地怒道。

「風趣是什麼?是德國還是哪裡的貴族嗎?難道是名為楓區的男爵嗎?」

「哪可能是這樣!風趣就是開玩笑的意思!用手機上網查去，上網查!」

從兩人的你一言我一語來看，「貓庵（喵）」這店名的唸法是基於店長的幽默感而來的。雖然對氣呼呼的店長很不好意思，由奈心中暗忖：「不可能第一眼就懂啦。」

「況且，怎麼會問『怎樣的店』這種問題，外頭的招牌不是寫得清清楚楚嗎？」

店長手靠在吧檯上托著腮嘟嚷著。

「話也不是這麼說，應該很難懂吧。就算看到『維修專門店』這幾個字，還是會令人一頭霧水才對──水開了，咖啡很快就好了。」

青年開始磨咖啡豆。頓時四周飄散出宜人的氣味。香醇且令人心跳加速的香味。

由奈開始觀察起青年。微翹的頭髮，細長的眼睛。纖細的身材，身穿春季襯衫並圍著貓圖案的圍巾。方才被說話的貓所驚嚇，而沒發現他是個帥氣迷人的型男。

青年將咖啡放在由奈和店長面前。似乎是在由奈觀察他的這段期間，已經將咖啡泡好了。

「唔。」

店長將咖啡杯拿到自己臉前。

「尚可，有些進步了吧。沒泡出奇怪的香氣了。」

店長評價著咖啡。要由奈說的話，這景象根本奇怪至極。貓咪用前腳拿著咖啡杯已經夠妙了，更何況貓咪品嚐咖啡香的這行動更是違反自然法則。據說貓咪的嗅覺敏銳度是人類的幾十萬倍。用現磨的豆子泡的咖啡，照理說味道會太強而無法嗅聞才對。

「請喝吧。」

看到由奈猶豫著，青年勸說。

「啊，好的。」

由奈連忙淺嚐了下咖啡。近距離撲鼻而來的香氣，以及流入口中的咖啡味——

「——噗！」

由奈嗆到了。這杯咖啡是黑咖啡。由奈有幾種東西是不喝的：啤酒、薑湯以及黑咖啡。她的舌頭受不了苦味與辣味的刺激。

「蠢蛋。」

店長睨了下青年。

「猜想適合對方的飲品——亦即推測出對方的喜好，謂之茶道。小鬼火候尚淺啊。」

「不好意思，我以為您會喜歡黑咖啡。」

青年向她道歉。

「不，別這麼說。」

應該要為覺得她是適合黑咖啡的大人而高興，或者要為不敵黑咖啡苦味的孩子氣味覺慘遭暴露感到丟臉呢。當由奈面臨這兩難的問題時——

「稍待片刻。」

店長跳下椅子走了出去。從剛剛青年走過的通道進到吧檯中，接著身影便消失不見。

「嘿咻～」

可能是站在什麼凳子上，店長突然從吧檯的另一端露出臉來。

「看看。」

他如同大喊萬歲的姿勢高舉著雙手，手上端著托盤。簡直就像是成功舉重的舉重選手，或像是《海螺小姐》的開場中，從水果中間冒出來的小玉貓咪的姿勢一樣。

「妳吃這個吧。」

店長將托盤放在櫃枱上。托盤裡裝著餅乾。

餅乾是長方形的手掌大小，一個個各別包裝的。每一個包裝袋是紅底配上金色花紋、正中央寫著「バ成タ」，這花紋代表什麼意義呢？

「是奶油夾心餅乾啊。」

青年看到餅乾，恍然大悟地點點頭。

「奶油夾心餅乾？」

由奈眼睛眨啊眨，她不太熟悉餅乾。由奈所知道的餅乾只有在超市裡買的，或假期結束時拿到的伴手禮而已。

「全名是MARUSEI奶油夾心餅乾。那是北海道著名的甜點品牌六花亭的主力商品。也是北海道必買的伴手禮。」

店長解釋說。這麼一說才發現，「成」這個字是圍在圓圈裡。象徵MARUSEI這個奶油牌子，兩邊的「バ」和「タ」[1]指的似乎是奶油。

「這餅乾的味道，吃了便知。」

1 譯註：日文的奶油為バター（butter）。

店長兩隻前腳插在腰上說。

「啊，好的。」

於是由奈依話拿起餅乾。

「咦？」

由奈覺得奇怪，不知該從哪裡開。

「從後面開喔。」

察覺到由奈的疑問，青年教她如何開。

「從後面嗎？」

她翻過一看，背面有個切口。撕撕看，連手都不巧的由奈也能輕易撕開。

從包裝袋中出現的是如同其名的夾心餅乾，但並非傳統的三明治夾法。不是用吐司，而是用茶色的比司吉餅乾，夾在中間的不是蛋而是像白色奶油的內餡，其中又夾著深紫色的東西。

摸起來感覺有些溼潤，飽滿的餡料感覺相當紮實。由奈輕輕咬下去。

口感就與觸感相同柔軟。雖說是比司吉餅乾，吃起來卻不是那種在口袋裡就會碎成一堆的脆爽口感，而是更軟更有彈性。

中間所夾的內餡便緊接著展現美味。散發著奶油風味的內餡濃厚香甜，瞬間便充滿了整個口腔。味道實在是——太好吃了！

她再咬一口。深紫色的餡料和奶油手牽手一起進入了口腔。啊，這是葡萄乾。味道卻跟輪廓完整的葡萄乾截然不同，在嘴裡演奏出嶄新的和音，蕩漾在舌尖。

一口接著一口，不知不覺中奶油夾心餅乾已被吃光了。

「好吃嗎？」

青年微笑問道。

「是，很好吃！」

宛如國中英語課本般的對話。像是「Are you Tom?」「Yes, I am Tom.」的那種。也難怪她會這樣，因為太好吃了，語彙全都飛到天邊去了。一個不夠，她還想再嚐嚐。

「還有很多，盡量吃。」

店長用前腳將托盤推給由奈。

「還有其他店也有做這種餅乾哦。」

青年手指抵著下巴說，店長頷首認同。

「著名的有小川軒。小川軒有幾間師傅獨立出來的分店，各家的名字和味道也各有不同。吃吃看比較比較也挺有趣喔。」

這麼棒的東西也有其他店在做啊。餅乾這東西實在太厲害了。深受感動的由奈，一邊大啖著夾心餅乾。

「別吃得這麼急，嚐看看咖啡吧。」

店長建議說。

「欸？」

由奈有些抗拒。難得吃了餅乾嘴裡甜滋滋，真要允許味道強烈的黑咖啡侵入嗎？

「人要勇於嘗試。試試看吧。」

店長再度勸她說。由奈不好拒絕，試喝了口咖啡。

「——啊！」

甜膩的口腔中加入些許苦味。原本令她不敢恭維的刺激竟展露出截然不同的另一面。

「好好喝！」

有生以來第一次覺得黑咖啡如此好喝。

「萬事都有調和。取其彼此的特徵加以融合，即可誕生出新品。」

店長說完，拿起夾心餅乾撕開包裝紙，大口享用。貓咪的手應該做不出這動作，店長做起來卻輕而易舉。

「原來如此。」

由奈點點頭。滿滿甜味的嘴裡含進苦澀的咖啡時，便不再只有純然的苦味。甜味與苦味，兩種極端的滋味交融出新境界。

「回歸正題，要來進行維修了。」

店長將由奈的吊飾和鬆脫的繩子一起擺到吧檯上。

「店長的聊天時間終於結束了，不好意思讓您陪他聊那麼久。」

青年一邊整理餅乾包裝，笑著說。

「沒這回事，我覺得很有趣。」

由奈搖搖手說，這並非場面話。店長的話其實很有深度，讓她彷彿聽到很重要的道理。

「太好了，店長。這位客人人很好呢。」

「吵死了。」

青年調侃說，店長立刻把臉撇到另一邊。

「別再嘰嘰不休了，把問號鉤和鉗子拿來。」

「是是。」

青年從吧檯的對面拿出小塑膠袋，而袋子裡裝了一堆更小的東西。

「先修問號鉤吧。」

那是由奈弄壞的五金配件。將凸起來的部分按下去就會打開的零件。她不曉得竟然還有名字。

「這去手工藝材料行的話多得很呢，百元商店也有賣才是。」

可能察覺到由奈目不轉睛地盯著零件，青年解釋說。

「順便說明一下，因為形狀像問號所以叫做問號鉤。」

「原來是這樣啊。」

由奈點頭回應。聽他這麼一說，的確有問號的感覺。

「然後這個叫鉗子，這種類型稱為平口鉗。」

青年接著拿出來的是小一號的鉗子。或許是用來處理比鉗子更細緻的作業。

「請用。」

青年將問號鉤的袋子和平口鉗放在店長前面。

「嗯。」

店長大力點頭後，先拿起吊飾本體和鉗子——接下來的流程迅速又確實。

先用鉗子取下壞掉的問號鉤，再換上新的。接著按下新問號鉤的凸起處，穿過綁在繩子前端上圓環狀的五金配件上。

「很好，完成了。」

穿完後，店長宣布大功告成。

「好厲害！」

由奈不禁發出驚嘆。

雖然才兩三個步驟（由奈這麼說也有點不好意思），也不是太難的作業。

但壓倒性的精彩之處在於手部俐落的運作。毫無浪費、快速、仔細。如同一流料理廚師的刀功一般，是徹底磨鍊下的精湛手藝。

「這種程度的修繕，對老夫而言如同和嬰兒打架，不費吹灰之力。」

店長兩隻前腳插腰，挺著胸膛驕傲地表示。

「是嗎?店長和人類的嬰兒打架肯定會輸吧。」

一看到店長擺出「了不起吧」的表情，青年便趁機捉弄他。

「什麼!這對武士是何等侮辱!小鬼，給老夫道歉!」

「我才不道歉。店長請先道歉。」

先不管一人一貓哇啦哇啦地大吵，由奈愣愣地看著自己的吊飾。明明修好了，但心情——仍悶悶的。

『把這吊飾拿掉吧？很幼稚哎。』

克哉的話又在腦中甦醒。啊，對了，不該修好吊飾的。這句話宛如錨一樣固定住由奈的心，讓她哪裡都去不了——

「客人為了何事煩憂？」

店長突然出聲叫喚，由奈頓時抬起頭來。

「原來是為了修好吊飾而煩心啊。」

不知何時店長已坐在由奈隔壁的椅子上，圓滾滾的大眼一下看著由奈，一下看著吊飾。

「不，不是那樣的。」

「那麼是怎麼回事？」

店長不死心地繼續追問。由奈低著頭，不知該如何回答。

每次都是相同的模式。沒有主見，最重要的是，由奈不知道要對什麼有主見，基本上究竟有沒有需要主張的事也不清楚，默不作言。要敷衍對方還是做自己，兩擇一的選擇。如此的模式。

——然而，這次卻不一樣。

「老夫跟妳這小姑娘說說。『我想表達的是，我不知道想說什麼。』『我想表達的是，我不知道有沒有想說的。』。先說出『我想表達的是……』也是一種了不起的表達。」

內心深處似乎被狠狠撞擊一般。

「為什麼？」

由奈大吃一驚。為何店長知道自己心中所想呢？

「呵呵，老夫畢竟也活了這麼多年，多少能洞察人們內心的幽微。」

「豁出去將自己真正想說的話，試著說出來看看。」

店長盯著由奈一邊續道：

「這就像清理冷氣濾網一樣。若被異物塞住運作功能便會變差，吹出來的空氣也不乾淨。好好做個整理，清理一下，就會覺得很清爽。」

店長的話打中由奈的心。原本硬梆梆地卡在心中，緊黏著拿不下來的異物，開始一片片剝落。

「其實我……」

想將這些想法轉換成語言。

「我……」

想傳達給店長他們。

「我……」

由奈卻什麼都說不出來。倒也不是因為感動到想哭。只是剝落的異物一口氣湧了上來，反而塞住了。這感覺就像是屋內發生大火，驚慌失措的人們一齊衝到出口卻因此堵塞而誰都出不來。

「不用急著說出來沒關係。」

青年這樣說，但她不是焦急，只是無法順利表達出來。該怎麼做才能傳達出內心的想法呢？

「唔。」

店長凝神思考中。

「客人可有讓情緒冷靜下來的習慣？」

接著如此問道。

「讓情緒冷靜下來的，習慣？」

由奈感到困惑，可能也有些混亂，她不懂這話的意思。

「像是聽喜歡的音樂啊、吃東西啊，這一類的。」

店長補充說。

「或者是把玩什麼呢？」

青年問。

「唔。摸摸髮尾啊、按壓自動鉛筆讓筆芯進進出出之類的也算。」

店長點頭說。

「即使外人會認為是不冷靜的行為，但意外的是，這樣的動作有助於當事人保持冷靜。」

「把玩什麼啊？」

由奈低吟，似乎想起了什麼。對了，就是那個——

「——啊！」

她深吸口氣。倒也不是沒有。中學時期的淡淡回憶。

「我遇到煩惱時，應該會——摸摸貓咪或跟貓咪說話。」

「唔。」

店長發出不滿的悶哼聲。在由奈的大腿上。

「這樣不是很好嗎？就像普通的貓咪一樣。」

青年拍手笑道。

「唔。」

店長尾巴啪嗒啪嗒搖晃，那是貓咪不悅的表現。雖說接近搖尾巴的貓並不是上上之策，但由奈已達極限了。

「失禮了。」

知會一聲後由奈立刻摸摸店長的背。

「啊～」

她不由得發出嘆息。這觸感實在太療癒了。

店長的毛比看起來的長很多。充滿光澤又很滑順。摸起來滑滑的，同時也軟蓬蓬的。

「店長現在是換毛期，請見諒。他完全不讓我梳毛。」

青年說。

「沒關係。」

由奈開心地笑著回答，繼續摸著店長的毛。

用手梳了好幾次毛後，接著摸摸頭。貓毛與頭的觸感也隨之傳達過來。接著是耳朵。食指輕輕摸耳朵，耳朵立刻抖了起來。她用拇指和食指夾住耳朵，店長便放棄似地放鬆力氣。

「店長，您就別逞強，盡情呼嚕呼嚕吧。」

青年促狹說。

「這個蠢蛋，給老夫記住。」

店長又再度不悅地搖晃著尾巴。

「如何，想說了嗎？」

然後催促著由奈。

「哎呀，別那麼急嘛。」

由奈邊說，手離開耳朵，移動到店長的腳。接著將拇指貼在腳底緊摸著。目標就是肉球。

「哦吼。」

她的歎息聲帶了點英語感。店長肉球的觸感就是如此撩人，甚至會讓由奈的反應都變得如歐美人一樣誇張。不對，簡直是天大的奇蹟。

「差不多該說了吧？怎麼了？」

店長又開口催她。

「拜託，請等一下。別像我男友那樣催我。」

由奈不悅地抱怨。

「我男友他總是自顧自說自己想說的話。雖然他常強調自己的溝通能力很強，但老是想說就說，這稱得上溝通能力強嗎？和他聊天時並不是像一般對話的拋接球，而是單方面的接球。就像我只得接住對方全力投過來的球一樣。」

回到最初的動作，再一次撫摸店長的背。軟蓬、滑順、好幸福。

「我只是讓他心情好的工具而已。飯冷了就找微波爐、衣服髒了就找洗衣機、想說話就找我。家電女友這個新品種隨之誕生了。」

這次她摸摸店長的胸口。長著茂密的毛，是她最喜歡的部分，摸起來和其他部位的毛質有些不同。這是米克斯貓特有的毛髮觸感。有血統證明的名種貓都有著固定的「模樣」，不會有這種特色。

「說到讓他心情好，約會也是他決定好想去的地方然後帶上我而已，行程像沾醬油一樣很趕。感覺就像在收集紀念章，只是沒有蓋章一樣。其實我很想去哪裡旅行個幾天，好好逛逛呢。」

「原來如此啊。」

店長抬頭看由奈。

「不是辦得到嗎？」

「什麼？」

由奈手的動作停下來。店長趁機從由奈的手逃脫移動到吧檯上。不是像剛剛的人類坐姿，而是像貓一般慵懶地橫躺著。

「什麼嘛，原來妳自己沒察覺啊？自己的心情全都表達出來了嘛。」

「欸？是這樣嗎？」

由奈覺得困惑。她剛才盡情地撫摸著店長而不太記得自己究竟說了什麼。

「應該說，後勁滿強的，也讓老夫想了很多。」

對於店長的話，青年表情玩味地點點頭。

「不不。」

由奈兩手摀著臉，覺得好害羞。

「這作法能讓妳表露出自己的內心啊。」

店長彷彿看透由奈的內心似地說，張口打了個呵欠。尖銳的虎牙——即使是貓也不叫做貓牙——啊，清楚可見貓粗糙的舌頭。

「問題解決囉。之後只要用剛剛那氣勢跟妳男友說清楚就好。這跟兵法書的運用一樣，依據各個士兵力量展現氣勢的有無才是最重要。」

「氣勢嗎？」

突然要她這麼做實在太強人所難了。剛剛的由奈，雖是由奈感覺卻不是她自己。就這麼直接將她送往戰場也很傷腦筋。

「那個，我該說什麼呢？」

不知如何開口。由奈支支吾吾後，低下頭。店長剛剛坐著的大腿上沾了很多毛。

「看來客人不摸店長的毛，似乎就真的無法好好說出自己的想法。」

青年面露詫異。

「唔，果然沒那麼簡單啊。」

店長躺在櫃枱上托腮。好似人類的動作。

「可是，今後的約會又不可能帶著老夫，該如何是好呢？」

「有沒有什麼能夠代替的呢？」

聽到青年這麼說，店長兩隻前腳，肉球對肉球一拍。

「對了，有個好法子！小鬼，去把上次換毛期老夫做的那個拿來。」

「啊，原來可以用那個。」

青年也和店長一樣，雙手一拍。

「記得那個在箱子裡，去去就回來。」

於是他打開吧檯裡頭的門走去。

「有了有了！」

青年返回，手中握著小小的東西。

「這是店長用自己的毛做的貓毛氈吊飾。」

那是一個吊著貓咪娃娃的吊飾。大小比由奈的小指稍微小一點。雖然是娃娃，卻沒有五官，而是剪影吊飾般的感覺。不過，製作得非常精緻可愛。

毛色就和店長一樣。完整再現黑色條紋的花紋。摸起來卻不是軟蓬滑順，反而很硬。明明使用的是店長的毛，觸感卻格外堅固紮實。或許這樣形狀較能穩定，不易散掉吧。

「將毛揉成團狀，再用針刺成形就好了，這個很好玩喔。店長的毛很軟，其實就是一般貓毛啦，卻可以做成這樣的觸感。」

青年說。

「那個就送妳吧。雖然觸感些微不同，終究是老夫的毛，一定能有所幫助。」

店長嘿咻一聲站起來，將前腳放在由奈手中的店長吊飾上。剎那間發生了不可思議的現象。

——光芒四射。吊飾散發出白色眩目的光芒。由於太過驚訝，由奈差點不小心鬆開吊飾。

吊飾持續發著光。店長彷彿施予什麼謎樣的力量般。畢竟他是能兩腳站立還會說話的貓，說不定真能讓物品發光。

「唔，這樣就好了。」

光一消失，店長便滿意地點頭，前腳離開吊飾。

由奈目不轉睛地盯著吊飾。雖然是突然發光，外觀卻沒什麼改變。

「奇怪？這標誌是什麼？」

不對，不是標誌。仔細一看是像貓肉球圖案印在店長剪影的下方。剛剛似乎還沒有這個。

「這是老夫的落款。」

說完，店長驕傲地哼了幾聲。

「樂觀？」

不懂這是什麼意思，由奈感到一頭霧水。店長的確不是悲觀的類型，但這也不代表樂觀吧？

「就是正式販賣的小物認證商標吧。」

青年解釋說，店長面露些許不悅。

「有點微妙的差異。是像老夫在作品上屬名一樣。」

「明明是屬名，卻是腳印嗎？難道店長擅長徒手修繕，字卻寫得很醜？」

「不得無禮！寫字是小事一椿！把筆墨給老夫拿來！」

「請、請問……」

落款的意思由奈大致上懂了。可是還有其他不懂的地方。店長說這個能幫助她，是怎麼回事呢？

「為何要大張旗鼓地揮毫呢？而且啊，也不用特地去拿毛筆吧？店長的尾巴幾乎跟毛筆沒兩樣，用那個就可以寫字吧？」

「小鬼！給老夫道歉！老夫要好好懲治你！」

但兩人正熱烈鬥嘴中，沒有她插話的餘地。打擾他們也不太好，就默默等待吧——

「不好意思打擾你們談話，我有件事很好奇。」明明心中這麼想，由奈卻開口說話。

「這吊飾對我有什麼具體的幫助嗎？」

連她自己也很訝異吧。又沒有摸店長，怎麼就這樣說出內心想法？

「是的，就是這樣的幫助。」

店長咧嘴一笑，看向由奈手邊。由奈跟著店長視線看著自己的手而大吃一驚。由奈不知不覺間摸了店長的吊飾。

「難道說只要摸了這個吊飾，就如同摸貓咪一般能自然地侃侃而談嗎？」

心中的疑問立即訴諸言語，令由奈驚訝不已。

「正是如此。」

店長點頭應道。

「這畢竟只是一時的幫助，不可能永遠都靠這個。自己的想法要靠自己好好表達出來。」

店長站到由奈面前，前腳直接放在她頭上。

「總而言之，就說吧。試著將自己的心情好好傳達給對方。如此一來，不明白的事情或許就能豁然開朗。」

一週後的星期天。由奈準備與克哉出門約會。猶豫許久之後，決定在手機上掛上貓手吊飾和貓庵送的吊飾。現在由奈的吊飾貓指數也因此達到史上最高。

兩人先去看電影。克哉想看的是只在單一電影院上映的日本國片，內容從頭到尾都看不懂。電影看完後去喝咖啡，開始聽克哉講解電影。似乎是將原作進行解構改編後的一部片，但自己就是看不懂。

最後去能看到漂亮風景的地方觀景、逛逛outlet、打打保齡球。他們沒有好好享受每一個點，而是沾醬油似地快速移動。如同往常一樣的克哉式行程。

晚餐是在包廂吃燒肉。克哉也沒問由奈，自作主張點了滿滿全是肉品的兩人份套餐。

這段期間由奈都沒有觸摸吊飾。——不對，是不能摸。那天自己在貓庵連珠炮似地說個不停。如果再出現那情形該怎麼辦？她連想都不敢想。

店長曾說：『試著將自己的心情好好傳達給對方。如此一來，不明白的事情或許就能豁然開朗。』這個不明白的事，是不是永遠都不要明白比較好呢？

「還有，踢過室內足球的人很少，他們很依賴我喔。」

似乎沒察覺到由奈內心的糾結，克哉一如往常地大肆炫耀自己。

「這樣啊。」

由奈也一如往常地附和著。

「嗯，我曾經是球隊裡的王牌喔。也肯定能一次連進三球。」

「好厲害喔。」

一如往常的談話模式。今天也會像這樣結束約會吧。

她想起在貓庵話匣子打開滔滔不絕的感覺。雖然不會覺得不愉快，但也不算爽快或痛快。與其再度享受那感覺，像這樣的毫無變化是不是會比較好？

「我說妳，還掛著那個吊飾啊？」

——冷不妨話題轉到由奈的吊飾上。

「那個真的很幼稚啊，而且怎麼又多了一個？」

克哉說「又多了一個」時的音調升高，醞釀出超過話中之意的意含。那時感受到的厭惡情緒，多了好幾倍撲了上來。

「不就叫妳拿掉嗎？又不是小孩子。」

克哉停下烤肉的動件。這代表在由奈不拿掉吊飾之前話題都不會改變。

該拿掉還是不拿掉？該聽話還是不聽話？

『自己的想法要靠自己好好表達出來。』

店長的話掠過腦海。

「這個、這個……」

於是由奈下定決心，緊握著吊飾。

「這是我自己買的而且相當喜歡。為什麼我喜歡的東西要被你批評成這樣？如果是突然穿著大荷葉邊的維多利亞風格打扮出現，或是手邊的東西全都統一換成蝙蝠俠而被你唸的話，我還沒話說，但這個是吊飾喔？吊飾又沒什麼不好？」

終於說出來了。至今一直壓抑著、壓抑著，連自己都不曉得被壓抑成什麼形狀的心情，一口氣爆發出來。

「你不也是只顧自己想做什麼就做什麼。今天的電影也是，什麼解構原作之類的我是不懂，莫名奇妙的內容看了真令人無力。然後一個接一個滿滿的行程，完全不能好好享受約會。」

克哉怔住。事情太過突然，以致於他來不及去理解現在的狀況——他感覺像是這樣。

「還有，晚餐還吃燒肉。為什麼老帶我去高熱量的店？是想讓我變胖嗎？若以為帶去高級餐廳女人就會開心，那就大錯特錯了！」

聲音漸漸大聲。雖說是包廂，但太大聲也會被人聽到。由奈也很清楚，卻怎麼也按捺不住情緒。

「還有，老愛炫耀自己也要適可而止吧。我又不是附和英勇事蹟用的機器。更何況，總愛強調自己很有魅力，但服裝打扮大都像上個月的男性雜誌出來的一樣，半點個性都沒有！」

一口氣說到此，由奈頓時回過神來。再怎麼說，一次把牢騷全發洩出來也太過分了吧。

她偷瞄克哉的表情。只見克哉愣愣地直盯著烤網下的碳火。

為掩飾尷尬的氣氛，由奈烤肉來吃。雖然剛剛還嫌東嫌西的，但這牛五花實在美味極了。

「那個。」

由奈在烤橫膈膜肉時，克哉終於開口。他瞥了眼由奈，又低下頭。整個人一百八十度大改變，變得很懦弱的感覺。

「其實我啊，之前交往的女孩子——」

「這種時候講到其他女人是怎樣？」

由奈被惹火了。莫名奇妙。現在是想怎樣？

「啊，不是。這樣的確很奇怪，抱歉。」

克哉緊張地搖搖手說。

「什麼意思？把話說清楚啊？」

因此她壓抑怒氣，開口問道。

「就是，我在學生時期交往的女孩子很強勢，對我嫌東嫌西，最後還被她甩掉。」

克哉開始一字字地娓娓道來。

「『要更爭氣一點！』之類的、『要觀察女人給的暗示再行動』、『全是自虐的話題很討厭』、『不會打扮就看雜誌』之類的。所以我——」

「等一下。」

她聽不下去了。

「所以你就聽前女友說的話假裝了？」

果然，或許她這才明白，不明白的事永遠不明白比較好。

「難道我怎麼想都無所謂，而是學生時代的女朋友說的話才重要嗎？」

超爛的。這意思就是說自己是用來療傷的代替品。由奈抓起手機和皮包站起來。因為再也沒有待在這裡的意義了。

「不、不是這樣的！」

克哉拚命想向由奈解釋。

「她是我交的第一個女朋友。」

可能覺得丟臉，他滿臉通紅。自己似乎也能體會他的心情。畢竟克哉是由奈交的第一個男朋友。

令由奈訝異的是克哉拚命想解釋的模樣。老是高高在上炫耀自己多麼厲害的克哉，現在卻不顧形象地挽留由奈。第一次見到他如此低姿態。

「從那天起，就再也沒遇到喜歡的女性。等我專心拚事業有了不錯的成果後，也有女人主動靠過來，但我都沒感覺。就在這時候遇到了由奈。」

——她回想起兩人初相遇的情形。那是在職場辦的聚會續攤。她說不出自己想回家，只好順勢跟著一行人去酒吧，這時找她攀談的人是克哉。她想不透優秀型男風的克哉為何跟自己搭訕，一心認為他肯定是直銷或結婚詐欺而想盡辦法閃躲。但克哉仍鍥而不捨，最後由奈才終於點頭同意跟他交往。

「所以我下定決心不要重蹈覆轍。」

克哉的眼神很認真。

「因為我不想失去由奈。」

真是的，他究竟在說什麼？若真不想失去由奈的話，應該要更在乎由奈的事情或心情。他的作法根本就大錯特錯。虧他這樣還能在業務的工作上出人頭地。由奈曾聽說過有些人完全不擅長經營男女關係，但沒想到真有人會這麼誇張。

「──」

由奈無言以對，逕自沉默。耳朵好熱。克哉從未如此直接地表達情緒。該用何種表情面對呢？『不明白的事情或許就能豁然開朗』──店長的話果然是對的。

說到店長，也有奇怪的地方。現在明明摸著店長的吊飾，為何由奈又說不出話來了？

由奈看向吊飾，並無特別變化──不對。店長的肉球印記消失了。那道光的力量似乎消失了。

『這畢竟只是一時的幫助，不可能永遠都靠這個。不可能一直持續下去。』

如今更能理解店長這句話。原來是這個意思啊。

「吊飾的事，真的很抱歉。我沒想太多。不對，沒想太多本身就不對了。對不起。」

克哉向她道歉。他不是口頭道歉而已，是真的體諒到由奈的心情。跟之前不一樣，所以自己必須清楚回應他才行。

──不，不用清楚回應他也沒關係。剛剛的克哉是怎麼回事？跟平時滔滔不絕的模樣截然不同，消極的口吻。但這樣不就明白他的心意了。

「沒關係。不，雖然不是很好，但沒關係。」

與擅長或不擅長無關，而是與想表達的心情有多強烈有關。

「你體諒了我的心情，我很開心。」

心中泛起的種種想法，濃縮在一句話中。這就是由奈想表達的。

「是嗎？」

克哉一直僵硬的表情，這才柔和下來。心意似乎傳達出去了。

由奈心中瞬間湧起暖意。這和在貓庵時感受到羞赧不同，是即將沸騰的心情。

原來是這樣啊。由奈有了深刻的體會。與某人心意相通時，原來就是這種感覺。

——那次之後，由奈多次尋找貓庵，卻遍找不著。走過跟那天一樣的路，在周邊找來找去，卻始終找不到那間不可思議的店。

難不成是在作夢嗎？有時她會這麼想。然而，會說話的神奇貓咪所送的吊飾，至今仍掛在由奈的手機上，所以是千真萬確的。

順帶一提，目前由奈手機上掛的吊飾有三個。那家店送給她用貓毛做成的剪影吊飾；以前自己買的貓手造型；最後是旅行時克哉買給她，披著斗篷的貓吊飾。

三個吊飾全是貓，雖然也會擔心貓指數是不是過高，但由奈每個都好喜歡，無法捨棄任何一個。

第二章

等比例的店長布偶

「唉。」

雖然出聲嘆氣，但沒有特別理由或意義，對上村修二來說，嘆氣已是他的習慣。不論是站著、坐著、早上起床、晚上睡覺。在每一個行動的環節中，都會發出稍大嘆氣聲。

這次是去附近的便利商店買東西回來而稍作休息。這和洗衣服、洗澡一樣，都是麻煩的事。

關上玄關門並鎖好，脫下鞋子回到家裡。敲響佛壇的鐘後，再移動至矮飯桌前的固定位置上。一坐入和室椅，便用搖控器開電視。

漫無目的的轉著頻道。換成數位電視已好一陣子，他仍對轉換頻道的慢速不習慣。他又不懂什麼畫質好壞或訊號問題，老實說之前的比較好。

『攝津章魚隊，陷入泥沼的十五連敗。自力優勝無望了。』

『今時今日全世界都有重金屬樂團。突尼西亞的樂團也透過大型音樂公司在日本發行CD，之後也會來日本舉行公演——』

『離爆炸只剩三十秒！紅線藍線，該剪哪一條！』

『花美男偶像強尼，這次來到滋賀縣湖南市。』

白天的電視個個索然無味，反正幾乎沒有他有興趣的電視節目。

『大人，這可不行。只要老頭子我還在世，那種事就絕對行不通。』

最後停在不知重播多少次的時代劇上。修二並非從以前就喜歡時代劇，也不是成為高齡者後而開始喜歡看。純粹是畫面和台詞的刺激少，看了也不會累而已。

『吉宗祈願親子幸福。』

時代劇播完。這次轉到綜藝節目，不久，修二便開始昏昏欲睡。

醒來已傍晚。將電視頻道轉到新聞台，看了一則又一則的新聞。肚子餓了，便吃買回來的甜麵包。

來到黃金時段。轉到民放電視頻道為時兩小時的新聞節目。並非特別有興趣，但這段時間所有頻道都很熱鬧，看 NHK 或這類的節目比較安心。

『曾有一說，秀吉其實是否也有失智症。以前大河劇也參考這說法而設計角色，當時這話題曾轟動一時。』

聽著主持人的解說，令他開始回想。唔，是哪齣大河劇呢？雖然記得演員的臉，是連續劇裡常出現的面孔，名字卻忘了。

『無論是《源氏物語》或《萬葉集》，都有關於失智症症狀的記述。今天節目便要用最新醫學，徹底根除一直與人類長久歷史共存的失智症！』

他打了個呵欠。以世間標準來看，修二雖屬於高齡者，但也才剛進到這分類裡而已。只不過記不起演員名字，不需要自己嚇自己。

昏昏沉沉看著電視時肚子餓了，所以再吃一個甜麵包。吃著麵包的期間，新聞節目播畢。他轉換頻道，觀賞著主角演員不斷換人演，一直持續到現在的兩小時懸疑劇。看完後，再看新聞。最後差不多到了上床睡覺的時間。

修二站起來先嘆了口氣，再將浴缸放滿熱水。洗完澡後穿上衣服走去廁所，刷完牙後走到佛壇前敲響鐘並上香，再躺進鋪著沒收的被褥中就寢。

這就是修二平日的日常生活。妻子過世後，大致上每天都是這樣。有寬裕的年金可生活，沒有不方便的地方。因為沒有高度的期望，所以也沒有不滿。不多也不少是最好的狀態。

即使修二過著日復一日的生活，日曆上仍有畫上圈的日子，那就是每個月的十三號。那天是亡妻每月的忌日。修二對所有事都意興闌珊，唯有掃墓一定會按時去。由於兒子修太郎和女兒恭子都各自有家庭且住很遠，能定期掃墓的只有修二而已。

『本日不巧是陰天。預計過中午可能會下雨。』

早晨情報節目中的天氣播報，天氣預報人員如此說。會下雨嗎？那得帶雨傘了。

早上先吃了甜麵包，邊嘆氣邊站起來，敲響佛壇的鐘後往玄關走去。穿上鞋子，開門前又嘆了口氣。

「唉。」

他發出比想像中還大聲的嘆息。然而卻沒有任何人有反應。家裡有的只有成堆的玩偶。

電車搭三站就是雅子的墳墓。在平凡無奇的墓地中，平凡無奇的位置。由於沒有上村家代代相傳的墓，修二便就此建造了一座。

修二將墓設計成修二及兒女們都能進去，代代相傳的墳墓。價格之高大概僅次於現今住的房子。第三貴的應該是佛壇。——不對，或許是向雅子求婚的戒指。那戒指多少錢呢？已是幾十年前的事，他早已記憶模糊只記得價值不斐。

修二將買來的花和供品用的點心擺上去，再點上香。基本上和每天在家做的一樣。然而由於妻子的骨頭就在這墳墓裡，感覺無論香或供品都能確實傳達到她那裡。

回家途中他繞去便利商店，買了甜麵包、飲料和速食乾麵。難得出門，就順道去採買。提著袋子離開便利商店走了一會兒，來到「貓庵」的店前。招牌上寫著「萬物皆可維修」，修二覺得有點不可思議。這裡竟然會有這樣的店啊？明明是平時常走的路，卻不記得有這家店。

修二不解地歪著頭，此時額頭上感覺到冰冷的東西。下雨了——沒帶傘。

「奇怪？」

他不禁出聲。明明出門時還想著要帶傘，看來他似乎是忘光光了。

雨勢愈來愈強，修二趕緊用跑的。

才跑一下下馬上就氣喘吁吁。真的只有一下下，很難說距離到底有沒有超過十公尺。

結果雨勢一半就漸緩，身體沒有被淋得濕透。反而是心情上受到很大的打擊。

『事實上也有秀吉可能患有失智症的說法——』

電視節目一開始的那句話浮現腦海。雖然之後的具體內容想不太起來，但像這樣健忘是不是就是失智症的初期症狀呢？

仔細想想，最近很常想不起事情來。不僅飾演大河劇秀吉的演員記不起來，買給妻子的戒指價格也記不起來。

親戚中有一人患有失智症。是伯父兒子的太太，關係遠到幾乎不算是自己人，但伯父的兒子──幾乎和他同世代──記得曾說他妻子非常辛苦。究竟具體說了什麼，還是記不起來。

「唉──」

一進到玄關便深深長嘆。那是比平時還深沉的嘆息。自己真的得了失智症嗎？從未想過自己若得了失智症該怎麼辦。

又不能造成孩子們的困擾。修太郎在海外工作，恭子又有三個小孩。只好進養護設施了吧，光靠修二的年金有辦法撐下去嗎？不對，電視上說，要順利進入養護設施也不容易。

想到煩的時候，修二忽然看向旁邊。那裡有個鞋櫃，鞋櫃上擺了幾隻布偶。他望著一陳不變的家中玄關。以前布偶成員是會改變的，但現在不會了。

他隨意伸手拿起其中一個有點褪色的豬布偶。後腳伸在前面，有著像人類一樣的坐姿。

「唔？」

修二感到錯愕。觸感怪怪的，有種破掉的感覺。

「——啊。」

修二把布偶翻至背面，不禁嚇了一跳。布偶背部的縫合處裂開了。有白色的東西從那裡爆了出來。

修二自己試著修了好幾次，他將跑出來的白色東西——棉花還是什麼的塞進去，塞不進去的部分就拿掉，再塞看看。

狀況並不順利。想塞進去卻塞不回去，多出來的部分一拿掉布偶就變得扁皺。

「真傷腦筋啊。」

修二很煩惱，又不可能因為壞掉就丟掉，因為那是妻子留下的布偶。

——沒有什麼特別的興趣。每天生活得健健康康開開心心似乎就很滿足的妻子，唯一在乎的，就是那些布偶們了。

種類不拘。譬如泰迪熊或迪士尼的狗（穿衣服的狗，但名字忘了。）之類修二也知道的有名布偶，或來歷不明的布偶，年紀也不小了還用抓娃娃機抓了漫畫角色的布偶等等，總而言之範圍很廣。甚至有一次帶孩子們去水族館時，竟然是雅子買了最大的海豹布偶。

這隻破掉的布偶是那些布偶之中最舊的。隱約還記得，應該是他們夫妻結婚前去旅行時在長野買的。

再怎麼樣都無法靠自己縫補好，應該要拿去哪裡修呢？黃色電話簿裡找得到嗎？思及之此，修二想起來。好像有什麼修東西的店。應該是剛才看到的。

修二飛奔出家門。由於沒有適當的袋子，所以將布偶裝進家電量販店的紙袋裡帶了出門。那場雨似乎只是陣雨，已經停了。

雖然不太記得店的位置，總算是找到了。店前有個如黑板質感的立式招牌，修二是靠那招牌才認出來的。

招牌上用粉筆寫著「貓庵　萬物皆可維修」，那樣的話，布偶包不包含在「萬物」中呢？雖然不清楚，但眼下也只能進去問看看了。

「不好意思。」

修二打開門，進到店裡。

左邊是吧檯，右邊桌椅席，彷彿喫茶店的室內裝潢。吧檯上張著一只大和傘，這樣的氣氛像是會出現在時代劇中，深山裡的茶店一樣。坐在長椅上吃飯麵或糰子，雖要與坐在對面的密探交換情報，卻得極力避免眼神交會的那種。

「歡迎光臨。」

店員出聲招呼。是肩上掛著束衣袖帶子潑辣的小姑娘——當然不是這樣，是圍圍裙的男店員。

那是個如偶像歌手般的花美男青年。年紀約在二十五歲左右，或二十初頭。頭髮感覺是自然捲。身高比修二高，體格卻反而比修二還纖瘦。圍著的圍裙上有貓的圖案和「貓庵」的文字。

「這邊請。」

青年請他坐在吧檯前的椅子上。

「好的。」

修二頷首致意，面向吧檯坐在椅子上。

「唉。」

隨即大大嘆氣。

「您累了嗎？」

進到吧檯裡的青年，擔心地問道。

「啊，不是。我沒事。」

修二嚇了一跳。竟然跟平時一樣嘆氣。

「客人，您有嘆氣的習慣嗎？」

被這麼一說，修二感到很意外。和青年溫柔的聲音不同，那邊聲音低沉又自傲。

他看了四周。青年搖搖頭，表示不是自己問的。但店內沒有其他人，那麼究竟是誰——

「人無完人。任誰都有自個兒的習慣。」

一隻貓突然從吧檯另一邊冒出來。茶色的毛與黑色虎斑，也就是米克斯貓的模樣。

「只不過，還是得注意別太大聲，尤其嘆息作為一種『動作』，具有非常大的否定意含。尤其到了這年紀，幾乎沒人會好意提醒這一點呢。」

低沉的聲音，是從貓咪嘴巴發出的。

「欸欸欸欸！」

修二嚇得不知所措。貓咪竟然在說日文！

「他是店長。」

青年介紹說。

「不是。老夫是庵主。」

被稱為店長的貓不悅地反駁。原來如此，因為是庵的主人，所以是庵主。就像千利休之類的人物一樣吧。

現在可不是認同這種事的時候。這究竟是什麼店？會不會是所謂的整人節目，藝人在其他房間邊笑邊看著攝影機。不過，最近也看不到以一般人為對象的整人節目了，應該不是才對。

「請喝茶。」

青年將茶杯放在修二面前。蒸氣繚繞，是煎茶。

「店長您也請。」

青年也將茶杯放在店長面前。

「唔，謝謝。」

店長用兩手——不對，應該說前腳吧——拿起茶杯，啜飲著茶。

「茶點在這裡。」

青年接著將盤子放在修二與店長之間。盤子上放著用白色包裝紙包起來像是和菓子的東西。

「這東西叫做德利最中，是岐阜縣土岐市的『虎溪』和菓子店的著名甜點哦。」

青年解釋說。聽他一說才發現這的確是德利酒壺[2]的形狀。

「這麼說來，前天上野先生來時也進了這個貨。嗯嗯，這組合不錯。」

說完，店長放下茶杯。

「先吃一個吧。」

拿起德利最中，拆開包裝紙。

「唔，真美味。」

店長滿足地瞇眼說。舉手投足都像極了人類。

「客人，您也嚐嚐看吧。」

店長催促著修二。

「啊，好的。」

修二在仍一頭霧水的狀態下拿起和菓子。大概是剛剛好可放在掌心上的大小。

包裝紙上寫著「德利最中陶祖」。這是什麼意思呢？

「土岐是有名的陶藝街。名產是德利酒壺或大碗等陶器。」

修二直盯著包裝紙，於是店長解釋說。

2 譯註：德利酒壺倒酒時會有類似鳥鳴的聲音，壺口形狀如高領毛衣的領子。

「順帶解釋，『虎溪』所產的是德利陶祖最中。通稱德利最中。」

「原來這麼有來頭啊。」

拆開包裝紙一看，的確是德利的形狀。也有點像洋蔥的造型。表面印著「陶祖」的文字，「祖」印的是古字的「示」邊，很有氣氛。

修二輕輕咬了口德利最中。外皮薄脆，很有最中風格的口感。緊接著內餡冒出來。是紅豆——顆粒狀的。

雖然「顆粒」這形容詞感覺非常細小，但這紅豆內餡的顆粒很有存在感。粒粒分明地在口中滾動。

「哦。」

將咬下去的部分吞下去，修二驚嘆出聲。並不是平時深深的嘆息，而是自然呼出的柔和氣息。

「真好吃呢！」

修二呢喃出心中的感動。

無論是紅豆泥還是紅豆顆粒，都沒有複雜的強烈刺激感。整體柔和宜人的甜味，吃了之後令人全身放鬆。享用的時候幸福感緩緩滲透至全身——這種感覺的和菓子。

不過，這點心並不僅是小小一顆。實際上，份量比外觀看起來的還要多。紅豆紮實飽滿地塞滿了內餡，但外皮卻相當薄，這樣的比例不知是如何取得平衡的，真不可思議。

「合您胃口嗎？」

青年問。

「嗯，是啊。」

修二點頭說，並將和菓子吃完。最後吃下的外皮黏在上顎裡，他便喝茶漱口。

「啊，哦！」

這煎茶又跟德利最中的滋味很搭，甘味與苦味的完美平衡，恰恰牽引出德利最中的甜味。

「新的發現也很不錯吧？」

店長說出那樣的話。

「重複吃相同的東西，重複過相同的生活，這本身並非壞事。所謂的隱居，就是這麼一回事吧。

然而，漫不經心地度日人會變遲鈍。畢竟人類是不方便的生物，無論是朝著哪個方向，只要不前進就會衰退。」

修二訝異地看向店長。店長以笑容回報他的視線。彷彿在說你已經被我看透了。

「這點，就很羨慕貓咪。上廁所、吃完睡睡完吃、理毛等，每天重複這樣的生活也能精神百倍呢！」

在旁聽著話的青年嘲弄店長說的話。

「什麼！你意思是說老夫過著自甘墮落的生活嗎！」

店長火冒三丈地質問。

「所謂的君子是泰然自若的，如小鬼般這等小人是不會懂的！」

若是君子被嘲弄應該也不為所動吧——想到一半修二才驚覺自己在不知不覺間視店長的存在為理所當然了。

「真是愚蠢的小鬼！」

頓時把臉撇向一邊，店長便從吧檯那頭消失。過不久後，吧檯角邊如門般的部分，嘎地一聲打了開來。

「天啊！」

修二愕然驚呼。走出來的竟然是店長。他用後腳站立，小碎步地走。不只說話，連走路也很像人類。

「嘿咻。」

坐入隔壁的椅子上後，店長看著修二。

「話說回來，有何貴幹？說來聽聽吧。老夫出肉球幫你一把。」

「這個嘛，其實——」

修二從帶來的紙袋中拿出布偶。

「布偶好像不小心弄壞了。」

「哎呀！」

青年感到訝異。不曉得他訝異的是破掉的方式很奇怪，抑或像修二這樣的人竟會拿著布偶。

「唔。」

店長抱起豬的布偶開始檢查。從旁人的角度來看，眼前的畫面就像是貓和豬扭打在一起。

「應該是線劣化而破掉了吧。布偶畢竟是人做出來的，本來就有壞掉的一天。」

說完，店長將豬布偶放到吧檯上。

「只要將棉花塞進去縫合起來馬上就好了，但似乎還得整理一下。被太陽曬得都褪色了，看來這布偶年代久遠？」

「嗯，的確很舊了。」

修二拿起第二個德利最中，一面喚起記憶。

「那是亡妻買的布偶。結婚前就買了。」

——那是去長野旅行的事。他們繞去的商店街裡有間玩具店，店頭擺了這隻布偶。妻子說布偶跟修二的臉長得很像，開心得手舞足蹈說想要買。再怎麼可愛，自己被笑說長得跟豬的布偶很像，修二哪笑得出來啊，記得當時他還嚴重抗議，但最後還是買了布偶。

這隻豬布偶一直和修二他們在一起。兩人一起開始住國宅，小孩出生搬去獨棟獨戶新家時，這布偶都如家中成員般鎮座家中。被修太郎扔來扔去、當恭子玩辦家家酒的玩伴、兩人長大之後離家，它仍繼續在玄關守衛著這個家——

「傷腦筋耶，算不清究竟買了幾年啊。既然是兩人一起住之前就有的，至少超過四十年了。」

喝了口茶，深吸口氣。還不至於說話說到累，但有種不可思議的感覺。仔細想想，已經好久沒像這樣和人聊天了。

「哦，是這樣啊？」

店長前腳像手一般盤在胸前，點頭說。

「布偶先放在老夫這裡吧。就算老夫本事再大，也還是需要點兒時間。」

「竟然說自己本事大，說話真狂妄呢。」

青年揚起眉毛說。

「這是什麼話？小鬼你不是欽佩老夫的技術，而央求老夫教你嗎！」

「情況不是這樣的吧？店長，您是不是上了年紀記憶混亂了？」

「才沒這回事！和織田右府大軍刀鋒相向的事，彷佛昨日般仍歷歷在目！」

「雖然不曉得您是和哪裡的貓在爭地盤，但過去的事記得清清楚楚也不代表沒事喔。真正嚴重的是最近的記憶開始變得模模糊糊。」

一邊看著兩人相聲般的對話，修二開始擔心。畢竟修二連過去的記憶都變得模糊，是不是代表更嚴重呢？

「你這小鬼嘴巴真不服輸！給老夫記住！」

店長憤恨地警告說，接著看向修二。

「這件事先放一邊。有代替品可以給客人。」

「替代品嗎？」

「嗯，小鬼，把那個拿來。」

修二愣了一下後點頭，店長才對青年下指示。

「好、好。」

青年推開吧檯盡頭的門，走到外頭去。

「對了，客人，幾年了？」

修二正要打開第三個德利最中時，店長問道。

「幾年？請問是什麼意思？」

「夫人過世幾年了。」

打開包裝紙的手停住。

「──三年了。」

原因是出車禍。妻子每天都很注意健康，也確實做運動，這些努力卻因司機癲癇發作，使得妻子的努力全都付諸流水。

「這樣啊。」

店長望著修二。

「總有一天要面對的。」

胸口被狠狠打了一拳的感覺。這句話的意思是──

不知何時已回來的青年，將店長放在店長旁邊。

「欸！」

修二非常吃驚。店長增加成二人——不對，應該說是兩隻吧。

「是布偶，但長得一模一樣。」

青年笑著說。

「這個就是所謂的肖像，是老夫的。說得簡單一點就是像銅像一樣的東西。」

其中一個店長，把前腳放在另一隻貓的頭上。會動的是店長，不會動的是布偶。

「是因為沒人幫你做像忠犬八公一樣的肖像，只好自己做吧？」

「才不是這樣！應該說，為何拿老夫跟狗比較！不是還有西鄉或二宮之類的可比嗎！」

「因為店長是貓啊，用狗來比喻再適合不過了吧？」

「臭小鬼！」

店長氣得撲向青年，青年拿起店長的布偶當盾牌防衛。真的是一模一樣，讓人有種搞不清楚狀況的感覺。

「總而言之，在布偶修好之前，這個先借給客人吧。」

說完，店長用前腳的肉球壓在布偶胸前，布偶便釋放出炫目耀眼的光芒。

「哇！」

事情太過突然，修二驚呼出聲。布偶店長持續發光一陣子後，光芒才終於收斂消失。

布偶恢復原狀後，出現很大的變化。布偶店長的胸前有一個大大的肉球印記。

「三天後應該就修好了，到時再拿這個過來。」

店長對一頭霧水的修二說。

修二離開店，往自家走去。

手中提的家電量販店紙袋裡，放著那隻布偶店長。布偶放在店裡修繕，又借了布偶來替代。感覺十分奇妙，就像車檢時借來的暫時開的代用車一樣。

一回到家，修二先是嘆了口氣，接著從紙袋中拿出布偶。

愈看愈覺得跟店長很像。從有點囂張的五官，到令人聯想到夕陽的瞳孔顏色，全都完整地重現出來。

他將布偶店長放在豬布偶原本的位置上。有著大力金剛站姿的布偶，醞釀出超群的存在感。

「唉。」

再度嘆氣後，脫下鞋子走上玄關。總之，先來看電視吧。

——漫不經心地度日人會變遲鈍。

正要坐入和室椅上時，店長的話閃過腦海。

他說的當然懂，但實際付諸實行卻很難。因為他不知該怎麼做。

『卡邁爾探員，跟你做個交易。我要申請證人保護計劃。』

於是修二再度漫無目的地看著電視。

隔天早上修二跟往常一樣的時間起床。平時他早飯會吃甜麵包，但今天有點餓，決定吃速食炒麵。早餐若吃得夠充足，一直到晚上肚子都不會餓，也樂得輕鬆。

用茶壺煮水後，在碗裡倒入熱水。他懶得等太久，一下子就把熱水倒掉。拿到矮桌上，扳開便利商店拿來的免洗筷。開動吧——

「難道這就是你的早餐？」

身後傳來這樣的聲音。

「早餐吃飽一點，中午就不用吃樂得輕鬆，你打著這樣的算盤吧？」

那是個令人懷念，且以為再也聽不到的聲音。

「是雅子嗎……」

修二喊出三年都沒提過的名字，回頭確認。

「真拿你沒辦法，不管你就自甘墮落成這樣。」

在那裡的是布偶店長。它後腳大張地站著，前腳抱胸。

「看來不好好糾正是不會改了？」

布偶店長說。聲音是雅子——亦即修二的妻子。

因為丟了也浪費，所以雅子便同意他吃速食炒麵。

「那麼開始吧！」

一吃完，布偶立刻下達指示。

「先來掃地！用吸塵器吸地！你一定是一開始有稍微用吸塵器，但集塵袋一滿就覺得換新的很麻煩，所以在那之後便幾乎不用吸塵器吧！」

「不，等一下。」

布偶說的幾乎是事實，但那是以前的事了。

「是雅子嗎？」

「廢話！」

布偶哼了一聲。明明是布偶卻會哼出聲音來。

「像你這樣散漫的人，還有誰能照顧得來啊！快給我去拿！新的集塵袋在二樓左邊房間，動作快！」

拍著手說話的姿勢，和在世時的雅子身影重疊。

「喂，別愣在那裡了！」

扯著喉嚨大喊的聲音，空氣幾乎為之震動。快、狠、準的說話方式。不由分說，充滿力道的語氣。沒有錯，是雅子。繼走路說話的貓咪之後，登場的是以妻子的聲音說話的布偶。真是的，到底是什麼情況啊？

「快給我動起來！」

即使腦中仍一片混亂，修二仍遵照布偶店長的指示開始行動。如同過去一般，他無法違逆雅子的聲音。

「雖然稱不上完美，至少算是勉強及格了。明天起要更仔細打掃哦。」

過了正午時分，雅子才終於滿意。

「欸，竟然這樣說，打掃成這樣應該沒問題了吧。」

修二躺在佛堂的榻榻米上，嘟嘴抱怨。因為已疊好棉被，所以直接躺在榻榻米上。

「問題可多了！」

說完，雅子衝進來在榻榻米上滾來滾去。

「給我看清楚！全都是灰塵！」

跑回來的雅子身體上的確沾滿了灰塵。彷彿是將自己的身體當成了雞毛撢子。

「也不是要你每天打掃，但若不隔幾天就去做，整理起來就會很麻煩啊！」

雅子小碎步走，來到修二面前。

「就像是這裡一樣！」

然後往修二的腹部一拳揍下去。

「呃噗！」

修二不由得像漫畫一樣發出呻吟，抱著肚子痛苦地彎著腰。

「那脂肪是怎麼回事，這程度已經不能只用代謝症候群來矇混了，難道裡頭住了什麼新生物嗎？」

「是嗎？不是從以前就那樣了？」

修二從以前就一直屬於「微胖」的體型。被認為跟豬布偶很像也不無道理。

「才不是，明顯胖多了！」

雅子更加用力拍打修二肚子，斬釘截鐵說。

「先從做體操開始吧，快給我站起來！」

「欸，好麻煩哦。」

「你現在已經是初老了，若還過著跟年輕時一樣的生活，下場會很慘喔。不僅會患上慢性病，要是腳和腰部沒力，光是在家中摔倒就說不定會受很嚴重的傷，畢竟運動不足是失智症的前因。要過不健康的生活也是需要體力的。人上了年紀，日常生活就要顧慮到自己的身體才行！」

「唔……」

被這麼一說，他無法反駁。突然想到自己的確一下子就忘東忘西。

「知道了知道了啦！」

修二心不甘情不願地站起來。

「來，先把腳打開，接著雙手一邊彎曲，一邊在胸前緊握後再放開。」

雅子揮舞著布偶的腳跟手，一副運動教練似的態度指導著修二。

「這樣稱得上是運動嗎？」

修二很快就開始抱怨。認真做這種動作莫名地覺得丟臉。

「這只是熱身啦。來，接著輕輕甩一甩，一、二、三、四——」

一開始還像玩家家酒一樣，但動作接著越來越激烈，在運動結束時修二已汗流浹背了。

「NHK 有這種體操節目，你就看那節目持續做。最終目標是要能完整做完有氧體操哦！誰叫你若不這麼做就瘦不下來。」

「欸！」

修二發出悲鳴。有氧運動就是健走或慢跑。這種累死人的運動就饒了我吧！

「補給水份休息一下之後，就去清理浴室吧。我剛剛看了，怎麼搞成這樣，全都是霉，你是把房子租給霉菌嗎？」

但雅子卻毫不留情地催促他前進再前進，這種一絲不苟的地方果然很有雅子的作風。雅子永遠都走在前頭。連最後的最後也是先走一步。

浴室清理完畢後，修二被逼著前往附近的超市。已經很久沒到便利商店以外的地方購物了。

修二買了雅子吩附要買的東西回家時，雅子又說：「你去下廚吧，我會教你，練習一下。」

「又來了，別開玩笑了雅子。」

修二不禁噴笑。在他超過六十五年的人生從未下廚做過一次飯，甚至連圍裙都沒圍過。現在才練習又有何用呢？

「別囉哩囉唆了，那麼就來開始吧，去給我準備準備。」

雅子的聲音，完全沒在開玩笑。

「聽好，使用咖哩塊做成的咖哩是相當適合新手的料理。照著盒子背後的說明就能成功做出咖哩了。雖然簡單，但步驟裡也有著切菜、翻炒、燉煮之類的基本動作，很適合當成練習。」

站在流理台上的雅子教授著修二料理技巧。

「嗯。」

不過，他好不容易才答應她。最重要的是，現在的修二拿著菜刀。是的，就是菜刀。說不定是自他出生以來第一次拿菜刀。沒想到過了這把歲數還能有這麼一天。

「只要換個料理塊就能做成燉菜或牛肉燴飯，馬鈴薯燉肉的作法也幾乎一樣喔。只要會做這個，就能一下子學會很多料理。雖然每道菜都不適合減肥，但只要飯吃少一點就可以了吧。至少比吃杯麵或甜麵包過日子好太多了。」

雅子連珠炮地說個不停，他只能頻頻點頭，連回答的空檔都沒有。他心驚膽顫地用菜刀往去皮的紅蘿蔔切下去。

「不對不對，壓的手勢不對，手要縮得像貓手一樣。」

「很難壓啦。」

修二抱怨說。他也知道將手縮成貓手的樣子就不易切傷，但這姿勢實在很難將青菜固定住。

「別抱怨了。」

「好好，知道了。」

修二再度著手下廚。

「——雅子？怎麼了？」

修二感到詫異。雅子的手沒有離開。

「不，沒事。」

雅子說，並輕輕放開手。

咖哩的味道很不錯。雖說調味都是依靠食品公司的地方，但修二很訝異自己做的料理竟能如此美味。

他吃飽洗完碗盤後本想洗澡，但雅子提醒他吃完飯後馬上泡澡對身體不好，就聽話隔了段時間才去洗。在乾乾淨淨的浴室裡悠哉泡澡的時間，還挺不賴的。

沐浴後修二立刻被睡意襲擊，開口跟雅子說自己差不多該睡了，雅子也說她要一起睡覺，兩人便決定同枕共眠。

「刷牙時每次都要把水龍頭關緊，你到現在還沒改掉讓水一直流的壞習慣。」

修二完全睡不著，誰叫雅子仍在隔壁棉被裡嘮叨不休。

「還有，二樓走廊的電燈泡壞了一顆吧？很危險耶。」

「不是啦，想說省電。」

他忍住睡意解釋說，卻立即被打臉。

「少騙人了。你只是懶得去買吧？若真如嘴上說的要節省，刷牙時就要給我關水。」

「知道了，知道了啦！」

無奈地看著對方的側臉，布偶模樣的雅子躺在棉被裡。這光景令人發笑。

「你那句『知道了』其實是在敷衍我吧——還有，我發現家裡沒報紙了，為什麼？最好要好好看報紙喔。修太郎也說過『網路上的資訊很多都是從報紙或週刊雜誌轉載來的』。」

雅子劈哩啪啦說個沒完。對啦，就是這樣。雅子老是在睡前話特別多。

「已經停掉了啦。看完後還要拿出去回收很麻煩。」

「不行啦！你連書都不看了，若不養成閱讀文字的習慣就真的會痴呆喔！雖然上了年紀自然會忘東忘西，倘若置之不理的話反而會更加惡化哦！」

「我知道了啦。」

「還有，也要好好煮飯。反正你也沒在整理所以不知道，我就直接跟你說，二樓中間房間的抽屜有我的食譜，你就照著上頭寫的做菜吧。還有，那個，還有——」

話說到此，雅子突然喃喃一句：

「對不起。」

跟剛剛精氣十足很吵的模樣完全相反。她的聲音說不上算是哀傷或悔恨，卻同時包含了兩種情緒。

「早你一步離開人世，對不起。」

——雅子是在和友人購物完回程時身亡的。她和友人分開後，一個人走在路上時遇上了車禍，當場死亡。

「不用道歉啦，又不是妳的錯。」

想忘懷的記憶再度甦醒。

對於雅子的死，修二不知責怪自己多少次。早知道陪她上街是不是就沒事了？退休後雅子也持續替他持守家務，但自己卻無法保護她遠離危機。

他每天渾渾噩噩過日子，卻只有掃墓從來不缺席也是因為這原因。至少這樣能消除一些罪惡感。沒能回報她任何事的罪惡感。

「你要好好吃飯喔。」

雅子的聲音微微顫抖。

「我其實還想為你煮更多飯，卻已經沒辦法了。」

「嗯。」

為什麼只能說這樣回應呢。

「我知道啦。」

明明還有很多話想對雅子說。

「老公，我問你。」

究竟過了多久呢？正當修二開始昏昏欲睡時，雅子問道。

「我沒看到那隻豬布偶，它怎麼了？」

「啊，那個啊，好像因為太舊縫線脫落了，目前拿去維修的店裡縫補。」

修二解釋說，雅子調皮地笑了。

「哎呀，原來是拿去修啊。以你這個性我還以為隨隨便便就丟了。」

「才不會丟呢！」

這聲音比自己想得還堅決。

「我才不會丟掉呢。」

「是嗎？」

雅子的聲音顯得有些高興。

「其實啊，我是因為那隻豬布偶才開始蒐集布娃娃的。年輕時你因為沒錢經常穿同件衣服，卻捨得買布偶給我，真的讓我好開心。我就是從那時起喜歡上布娃娃的。」

——他是如何回應這句話的呢，修二不記得了。因為他很快就沉沉睡去。只有雅子爽朗的聲音深深留在記憶中。

「早安。」

隔天一醒來，修二便跟雅子道早安。

「雅子？」

楚。

雅子一動也不動，修二這時才察覺到那並非雅子，布偶已經回到布偶的狀態了。仔細一看，胸口的肉球印記也消失了。是不是裡頭注入的力量消失了呢？修二也不清楚。

又來了。修二肩膀沮喪地垂下來。雅子又先走一步了，她總是就這麼把修二丟下。

修二決定去找雅子所說的食譜。如雅子所料，那裡幾乎沒有整理，但他馬上就找到食譜了。好幾本的大學筆記本堆疊在那裡。

筆記本裡頭貼著報紙剪下來或電視節目抄下來的食譜。一開始只是抄寫料理作法，中途卻逐漸增加了關於熱量與鹽分的描述。一看就知道是為了身材不斷橫向發展的修二所下的各種工夫。

修二深深嘆了口氣後才發現，雅子在的時候他都沒有嘆氣。發出聲的嘆息似乎是為了稍稍吹走雅子不在的寂寞。察覺到這原因，修二深吸口氣——卻也只能呼出嘆息。

「打擾了。」

距上次到訪已隔了三天，修二再度踏進貓庵。紙袋中放著店長的布偶。

「歡迎光臨。」

青年笑容滿面地迎接他。

「布偶已經修好囉。」

青年說，並進吧檯裡拿出修好的布偶。

「哇！」

修二很驚訝。不只是單單縫合起來，還將布偶整理得宛如跟新的一樣乾淨漂亮。

他憶起和這布偶初遇的光景。那時他們既年輕，一切都很光明，充滿希望的時期。雅子一直都在身邊的——那個時期。

「呵呵呵，驚訝得說不出話來了嗎？」

粗獷的男性聲音傳來。聲音主人在吧檯上一臉得意地說。

「憑老夫的本事，這點小問題算不了什麼。」

「不可以太誇他哦。店長會得意忘形的。」

青年臉湊過來說。

「小鬼！老夫聽到囉！」

「耳力真好呢。我還在想會不會上了年紀後就重聽了。」

「你說什麼？」

「不、不好意思。」

因為擔心跟上次一樣又要鬥嘴個不停，修二歉然地插話進來。

「唔，幹嘛？」

剛剛還火冒三丈的店長，氣勢略減地看修二。

「我把布偶帶來了。」

修二稍微抬起紙袋說。

「哦，是嗎?結果怎樣？」

店長問道。

「這個嘛——」

修二想了一下，

「非常棒。」

他給出了這樣的答案。

「不錯。」

店長滿意地點點頭，接著說：

「既然如此。那個老夫的布偶就送你吧。」

「哎，可是——」

修二不知所措。原本不是只說借他的嗎？

「沒關係沒關係。」

店長抱著豬布偶跳下吧檯，走向修二。

「這是老夫費盡心力修好的，要珍惜喔！」

「非常感謝您！」

修二蹲下來，從店長手上接過豬布偶。心中湧現感謝之情。彷彿獲得縫補布偶之外更感動的東西。

「幸好有把布偶拿來『貓庵』修理。」

他直率地傳達內心想法，卻得到意料之外的反應。

「你說什麼？」

店長瞠目結舌。

「哈，果然還是這樣。」

青年咯咯咯笑。

「怎麼回事啊？」

修二一頭霧水地問道，店長則用五味雜陳的表情說：「沒事，啥事都沒有。既然說啥事都沒有，就是沒事。」

到頭來究竟是怎麼一回事，修二至今仍丈二金剛摸不清頭緒。因為那天之後，自己已忘記貓庵的所在地。

健忘的情形變嚴重了嗎——倒也不是這樣。記憶力反而比前些日子還好。生活有了起伏，不再發呆度日。

修二開始會打掃房間，也持續做運動而成功地減輕了一些體重。每天看報紙，也持續照著食譜下廚做飯。和修太郎與恭子打電話聊到這件事時，他們都很訝異「不像老爸的作風，簡直換了一個人」。

雖然他騙孩子們說「只要有心這些都小事一樁」，其實他常覺得很麻煩，有時也會偷懶。然而只要拖拖拉拉開始怠惰時，他就去看一看擺在玄關的布偶，又會打起精神並充滿幹勁。

和修二很像的豬布偶，以及用兩腳站立的貓布偶。一看到它們，那天的記憶與過去幾十年的回憶就一湧而上，內心感到無限溫暖。彷彿就能聽見那道比任何人都珍惜自己，比任何事都重要的聲音。

修二也不再習慣性地嘆氣。縱然寂寞仍在，但再也不需要用嘆息聲摀住耳朵抵擋寂寥。他已勇於面對，並啟步前進——

第三章

不為人知的努力！店長的背影墜飾

——真不敢相信。

「給我放回去！」

如冰一般冷冽的眼神，如刺一般尖銳的話語。

「不行就是不行。」

手中微熱的溫度。即將消失的生命，竟然要我丟棄——

那一天，貓庵面臨一觸即發的危機。

「絕對是我！」

「不！絕對是老夫是也！」

應該說，照目前的情況來看已經大爆發了。

「絕對要看花式溜冰競賽！今天是全國女子長曲項目賽！」

「時代劇是也！這次可是現在難得一見的全新作品啊！」

「既然是 CS 的衛星節目不就會一直重播嗎！就算花式溜冰同樣是 CS 衛星電視，但還得用隨選視訊，很麻煩！」

「老夫要看首播！否則就會被網路爆雷了！」

兩人的主張是平行線，沒有交集，也沒有妥協的餘地。

「哎呀？怎麼了？這麼熱鬧。」

正當此時。打開店門扉出現的是一隻貓熊。背著厚重的行囊，用四隻腳慢吞吞行走。熊貓的名字叫上野先生。別看他這樣，其實他是貓庵的供應商。

「啊！上野先生！請聽我說，店長他——」

「上野先生，聽老夫說，小鬼他——」

店長和青年同時向上野先生告狀。

「唔唔。」

聆聽著同時進行的狀況解說，上野先生邊點頭附和，接著說：

「得想一個好法子才行。我口有點渴，有沒有什麼喝的？」

「真好喝。」

一屁股坐到餐桌區位置的上野先生滿意地說。他的手——或者說他的前腳拿著的是設計素雅的茶杯。

「老夫泡的茶，自然好喝。」

坐在對面椅子上的店長露出驕傲的笑容說。

「焙茶哪有什麼泡得好不好的？」

店長旁邊的青年歪頭說。

「一般說到焙茶，都會聯想到飲料吧那種一按就會出來的粗茶吧。可是這杯茶既然這麼好喝，那一定有好壞之分。」

上野先生說，咕嚕咕嚕地將茶飲盡。

「呼～我復活了。外頭雖然寒冷，但背著行李走路口渴得要命。」

接著他用空手的那隻爪搔著臉，

「總而言之，聽你們這樣說的話，店長的確比較不利。錄影下來補看呢？」

他乾脆地做出裁斷。

「唔。」

店長面露緊張的神情，

「我就說吧。」

青年驕傲說。

「一起看花式溜冰，看完後接著看錄下來的時代劇。這樣就不會被爆雷了。」

上野先生提出解決方案，下的結論非常準確。

「唔、唔唔。」

店長瞪著大眼低吟。

「店長，怎麼了？除了『唔』之外的話都忘了嗎？」

青年抓住機會猛烈調侃。

「唔！」

可能是太不甘心了，店長在椅子上氣得手腳亂揮大發脾氣。

「那我就在花式溜冰開始前先整理好吧檯。」

青年說完，進到吧檯裡。

「唔唔……」

店長開始整理貓毛。他先舔一舔手上的毛，再用力地洗臉。

「一遇到不順心的事就洗臉的習慣一點都沒變呢。」

上野先生看著他一邊笑著說。

「哼！哪有什麼不順心的。」

店長嘴上雖逞強，但一看就曉得整個人氣呼呼的。

「好了好了，我進了個好東西，你息怒吧。」

上野先生從擺在桌邊的行囊中拿出包起來的東西。

「這是紫式部愛用的毛筆哦！」

「哦！意義非凡！」

店長激動地站起身。

「等一下，您又買了什麼奇奇怪怪的東西嗎？」

從吧檯傳來青年責難般的聲音。

「哼，熱愛古今中外的珍品是武士的嗜好。你這花式溜冰宅男是不會懂的。」

「從花式溜冰宅男眼裡看來，這種持續增加倉庫物品的嗜好，叫人怎能不告戒。」

一臉不耐煩地反駁，青年再度整理起了吧檯。

「你們兩人感情還是一樣好啊。對了對了，我也進了新的茶點——」

上野正要從行囊拿出什麼時……

「豪痛！」

店內突然響起這樣的聲音。

「唔？」

上野先生率先發出不解的問句，店內所有人的目光均朝向聲音來處——入口的大門。

那裡有一名少女。穿著連帽大衣與牛仔褲。綁著側馬尾模樣很可愛，但不知為何趴臥在地上。

——完蛋了。松岡摩夜很後悔。沒想到竟然會突然摔進店裡。她憎恨幾分鐘前輸給好奇心的自己。

「沒事吧？門口很滑。」

有人在跟自己說話，是男性的聲音。

「不，沒事。」

總之，得快逃才行。

這裡絕非普通的店。正當她站起來，想衝出門外時……

「有沒有受傷？」

摩夜停了下來。她發現一臉擔心地跑過來的竟然是相當俊俏的花美男帥哥。

身材又瘦又高，臉的五官立體。身上圍著貓圖案的圍裙，和纖細的身材搭在一起，散發出中性的感覺。一想到自己那句蠢爆的「豪痛」竟然被他聽到了，實在有點丟臉。

「是的，我沒事。」

摩夜嘿嘿地嬌羞一笑。什麼嘛，這裡很正常啊。自己剛才看到的果然是錯覺。說的也是，在大街上不可能看到熊貓。

「我嚇了一跳。」

裡頭有誰在說話。仔細一看，有隻貓熊在那裡。

「果然在這裡！」

根本不是什麼錯覺。真的有熊貓。熊貓正坐在椅子上看著這裡。

「當然在啊，因為剛剛才來的。」

而且竟然還說著人話。

「究竟是怎麼回事？」

——才不過剛剛的事。

寒假的某一天。

從上午就一個人在外遊蕩的摩夜，發現了寫有「維修專門店　貓庵」的店。當她被「萬物皆可維修」的廣告詞，直立式招牌上的可愛文字和插畫，櫥窗中各種可愛的小物和冬季服飾等吸引時，卻聽到裡頭傳來爭吵聲。她在櫥窗前豎耳聆聽究竟怎麼回事時，突然看到一隻背著行囊的熊貓出現，進到店裡。

匪夷所思的狀態令摩夜太過震撼，她輕輕打開門偷看裡頭的狀況，卻一個不平衡撲倒進店裡——

「熊貓竟然在說話！」

摩夜指著熊貓大喊。

「哎呀，我沒打算嚇著妳的。」

兩手拿著茶杯的熊貓口氣悠哉地說。

「就算你沒那個心，但還是嚇著了——啊，不對！」

話說回來，熊貓像這樣和人類說話根本就很奇怪。

「聽好，冷靜一點。」

低沉的男性聲音說道。聲音傳來的位置也很低，感覺有點不可思議。摩夜在班上也是屬一屬二的矮個子，所以不太有跟比自己位置還矮的人說話的經驗。

她將視線下移，看到那裡有一隻貓咪。

「受不了，是在吵什麼啊？」

貓咪抬頭看著摩夜的臉，用低沉的嗓音說道。

「貓咪竟然在說話!?」

補充一下，那隻貓還是只靠後腳站立，用兩隻腳行走。超乎想像的情況接二連三地發生。

「歡迎光臨。」

帥哥青年親切地說道。即使對中學生的摩夜也一視同仁。

外頭的招牌寫著「維修專門店」，但裡頭卻有吧檯席桌椅席，感覺像是很時尚的喫茶店。雖然摩夜沒去過時尚的咖啡廳，無法確實判斷。

「今日有何貴幹？」

青年微笑問道。

「啊，不是，那個——」

該怎麼回答才好？摩夜不知如何回應，這時貓咪咧嘴一笑。

「大概是看到上野先生，感到好奇才跟過來的吧。」

「奇怪？我有那麼醒目嗎？」

熊貓拿著茶杯歪頭說。看來這隻熊貓的名字就叫上野吧。

「別站著說話，先坐下來吧。」

青年說，並安排摩夜坐入餐桌區的位置。震驚未歇的摩夜無法開口拒絕，乖乖地被帶入座。

「請坐，我去端茶來，您請等一下。」

摩夜被安排的位置是上野先生這位熊貓的對面。桌邊堆了一大堆東西。椅子有兩張，她選擇靠牆的位置坐下。脫下大衣外套掛在椅背上。店裡的暖氣讓整個空間暖呼呼的。

「妳好。」

「您好。」

上野先生向她問好。順帶一提，上野先生的椅子可能是特製的吧，特別大。

因為不知該如何回應才好，摩夜便選擇了萬無一失的回答。

「可是，小姑娘。妳要進來就正常地走進來啊。」

貓咪口氣狂妄地說，並坐入摩夜隔壁的椅子。他一屁股坐下來。背脊挺直，明明是貓卻沒有貓背[3]。

「最近的小朋友是不是流行以柔道的摔法摔進建築物裡？」

「沒這回事。」

摩夜斷然否定貓咪的疑問。先不管和坐在椅子上的貓說話這件事有多荒謬，作為最近的小朋友代表，她必須解開這個奇怪的誤會。

「我不是故意進來的，只是不小心摔進來。」

沒錯，她沒打算進去。並沒有要冒險。她不會對莫名奇妙的事出手。因為摩夜不是故

3　譯註：日文中駝背的意思。

事裡的英雄主角。她心知肚明。

「茶已經泡好了，先來喝一杯吧。」

青年端著托盤出現。托盤上擺著三只冒蒸氣的茶杯。

「我也試著泡了焙茶。不曉得有沒有泡錯，請喝看看。」

青年把茶杯放在摩夜等人面前。茶香四溢，情緒稍微緩和下來。

「你又再幫我泡了一杯啊，謝謝。」

上野先生將手中的茶杯拿給青年，兩手拿著新茶杯。

「唔。」

上野先生啜飲口茶，露出沉思的表情，接著說：「很好喝，可是總有點兒不同，不知是怎麼回事。」

「哼哼。」

貓咪不知為何擺起架子來。他閉著眼挺著胸，看來是很得意是吧。

「唔，輸給店長真不甘心。」

青年遺憾地表示。

「店長!?」

摩夜很震驚。繼說話的熊貓，說話的貓咪，本日的第三次衝擊。

「不是有貓咪站長嗎？就類似那樣的感覺。」

青年咯咯輕笑，一邊解釋說。

「別說這種令人誤會的話。老夫可不是吉祥物，是經營這間貓（喵）庵的庵主。」

「——喵庵？」

本日的第四次衝擊。現在摩夜的情緒是比聽到貓咪說話冷靜一點，但仍舊很驚訝。

「可是，那種唸法很難唸吧？」

摩夜一指出這點，青年就笑出來，上野先生跟著點頭，店長則在椅子上鬧脾氣。三人三種反應。

「為什麼每個人都不唸喵庵呢？」

店長不甘心地大吼。

「唸不出來嘛。」

摩夜邊說，邊喝了一口青年泡的茶。——唔，清雅甘甜。熊貓竟然說貓咪泡的茶比這好喝，實在難以相信。

「對對，我想到了，有和焙茶味道很搭的和菓子。」

說完，上野先生從擺在桌邊的物品山中，拿出一堆袋裝的東西。

「來，這是笹糰子，是新川屋的。」

袋子上寫著上野先生口中說的「新川屋的笹糰子」。

「哦，很棒很棒。」

店長眼睛亮了起來。

「笹糰子味道的確跟茶很搭呢。」

青年也同意店長的話。

然而摩夜卻眨著眼感到訝異。笹糰子。名字彷彿聽過又彷彿沒聽過，不曉得是什麼東西。光看袋子上的介紹，應該是新瀉名產。

「我拿一個喔。」

青年先知會一聲後，打開袋子取出笹糰子。

笹糰子的外觀是笹葉包著橢圓狀的內餡，最外頭再用茶色繩子綁起來固定。感覺用祈晴娃娃來形容也說得通。

「好久沒吃笹糰子了呢。」

青年靈活地打開繩子，拆開竹葉，取出裡頭的糰子。

糰子是比葉子稍淺一點的綠色。形狀就像是矮矮胖胖的葫蘆，要形容的話，類似頭和身體同樣大小的雪人。

「啊～真好吃。」

青年咬了一口後，臉上揚起笑容。看來糰子真的很好吃。

「哼，搞什麼東西。」

店長看到他那樣，踐踐地潑他冷水。

「笹糰子其實是要這樣吃的。」

店長快速解開繩子，不將葉子完全拿掉直接吃糰子。像是在吃漢堡時，不讓手弄髒而拿著半邊的紙的感覺。

「這種吃法不是會吃到笹葉的味道嗎？」

「你在說什麼傻話？不然為何要叫笹糰子。」

店長和青年的意見相左。

「我覺得哪種吃法都好。」

而另一方面，上野先生說完便只解開繩子，將葉子和糰子大口吞下去。

「不拿掉笹葉直接吃也很好吃吧？況且本來就是用笹葉包著下去蒸的，應該要連笹葉一起享用。最重要的是，葉子很好吃哦！」

大概是因為上野先生是熊貓才覺得笹葉好吃吧，摩夜暗忖。

「新川屋的笹糰子品質穩定也很好吃。高速公路的服務區或土產店也經常看到，當地的超市也經常會進笹糰子來賣，可以說是基本款——」

一個通知音，打斷上野先生的話。

「咦？」

上野先生又再度翻找行囊，這次他拿出平板電腦。

上野先生用爪子滑著平板後說：

「今天就這樣，我留下手工藝用品和咖啡豆就要先離開了。」

他背著一部分的行囊，用四隻腳爬行離開。

「好的，非常感謝您。」

青年走到門口打開門。

「小心慢走。」

店長也站在椅子上目送他離開。

「嗯，我會再進有趣的東西過來。」

上野先生回頭說完後便離開店。他就這樣走在大街上嗎？謎團有增無減。

「對了，小姑娘。」

重新坐在椅子上，店長看向摩夜。

「客人也吃吃看笹糰子吧，無需客氣。」

「啊，那我就吃吃看。」

無法拒絕店長的盛情。摩夜拿起笹糰子。

接著，她卻僵在那裡沒動，這繩子要怎麼解開啊？

「正中央的部分拆掉後，就會整個全開了。」

關上門回來的青年告訴摩夜解繩子的方法。

「啊，真的耶。」

照他說的一試，的確輕輕鬆鬆就解開了。乍看之下綁的方式很複雜，沒想到這麼容易就解開，真神奇。

摩夜解開繩子，打開笹葉並取出糰子。

「唔，不用老夫的方法嗎？」

店長不滿地說。

「啊，這個——」

貓咪和帥哥。若要參考的話，當然是選帥哥的吧。

「那我開動了。」

摩夜咬下糰子。

「——！」

接著出現第五次的衝擊。

首先，糰子的外皮富有驚人的彈力，很彈牙的感覺。不會太硬也不會太軟。柔軟又富彈性的口感，就連咀嚼這個動作都變得有趣。

接著從中滿溢出來的內餡也很棒。雖不像外表那樣塞得膨膨的，但很紮實。而且開場時的那股彈力也沒鬆散，順勢將本篇帶入高潮。

「很好吃吧！」

青年這麼一說，摩夜只能點頭如搗蒜，說不出話來。因為還不想將口中的糰子吞下去。

「明明不要把葉子拿掉比較好。你們根本就不懂。」

把碎唸的店長拋在一旁不管，摩夜吃完剩下的糰子。果然很好吃。笹糰子真不是蓋的。

「啊，時間差不多了。我開一下電視。」

青年進到吧檯中。

吧檯牆上架設著棚架，上頭排著琳琅滿目的東西，之中也有電視。

青年按下搖控器打開電視，轉著頻道。電視中播放的是——花式溜冰的實況轉播。

「啊，原來今天是女子花式溜冰啊。」

摩夜瞬間下意識地走到吧檯席。

「您喜歡花式溜冰啊？」

青年從吧檯露出發亮的表情看著摩夜。臉上洋溢著「說不定是同好」的期待。

「嗯，這個嘛，是的，我喜歡花式溜冰。」

摩夜用笑容回應青年的期待。

「唔。」

店長含有深意的眼神望向摩夜，她故意假裝沒發現。

她的確非常喜歡花式溜冰。卻因為一些個人因素而不太想去觸碰這部分，才會想避免話題延續下去。

「長曲項目也幾乎很完美呢。」

今天的滑冰結束後，青年感動地說。

「嗯，值得一看的比賽。」

摩夜也點頭同意。由於是意料之外的選手獲勝，兩人都很驚訝。

「小姑娘，妳很開心嗎？」

坐在摩夜隔壁的店長問道。

「當然開心啊。」

坐在吧檯席上，享用著可口的點心跟茶，一邊觀賞花式溜冰。多麼奢侈的時光啊。怎麼可能不開心。

「在家就不能這樣了，因為——」

話聲未歇，摩夜就後悔了。糟了。想起了不開心的事。

「妳沒事吧？」

青年擔心地問道。看來自己的表情很可怕吧。

「不，沒事。」

摩夜雖然爽快地否定，卻以大失敗告終。無論表情或聲音都十分逞強。她僵硬的程度，簡直就像是故意演出來的一樣。

「真是沒輒。妳並非有東西要修，嚴格來說並不算是我們的業務範圍。」

店長嘆口氣後，嘴角緩和下來。

「老夫出肉球幫妳一把吧。」

跟之前有些調皮的笑容不一樣，是溫柔的微笑。那股溫暖浸透了摩夜的內心。

「——其實。」

摩夜下了決心開口：

「我和爸爸一直，有心結。」

摩夜和父親兩人相依為命，母親已經不在了。上小學之前母親突然因病過世。和母親的回憶全都很幸福，兩人一起看 CS 衛星節目的花式溜冰實況轉播。星期日早上一起看變身英雄的卡通節目。

當然並不是一直看電視而已。

『絕對不能放棄希望！』

『一起變身吧！』

摩夜經常和母親玩英雄遊戲。不只唸唸台詞而已。從變身英雄的衣服到變身用的道具，母親全一應俱全。而且還不是買市售品來充數，全都是親手製作。

小小的摩夜就這樣成了英雄。擁有幫助受困之人的善良與絕不放棄的堅持，化身成愛與希望的戰士。雖然不能真的穿英雄裝上街，但摩夜時常幫助他人，舉凡打敗附近那些欺負人的男孩子，或安全帶著迷路的小女孩回到父母身邊等等。每次母親都會誇她了不起。

甚至連母親病倒時摩夜都沒有頹喪下來。

『妳要連我的份一起加油哦！』

躺在病床上骨瘦如柴的母親交待說，摩夜點頭答應她。雖然淚流不止。

即使母親離開人世，摩夜仍日日夜夜與勇敢奮戰。無論何時何地，她都挺著胸咬著牙。她要連母親的份一起打起精神，連母親的份一起看花式溜冰。

某天發生了一件事。摩夜和朋友在公園玩遊戲時，在草叢蔭裡發現了一隻受傷的鴿子。那是隻又小毛也還沒長齊的雛鳥。

鴿子胸前流著血。她先用手帕包起鴿子，試著替他療傷，但無論是摩夜或她的朋友都不曉得這樣有沒有用。總之，就這麼放著不管的話鴿子會很危險，於是摩夜便帶著鴿子回家。

抱在懷中的鴿子體溫暖暖的，令摩夜感受生命的溫度，誓言一定要保護他。

下定決心的摩夜回家後，父親卻擋在她面前。

父親個性與母親截然不同，是個沉默寡言情感不表露於外的人。無論是母親的心電圖停下來時，或是守夜及葬禮時，父親都未掉一滴眼淚。

「這是怎麼回事？」

這樣的父親，雙手盤胸站在玄關。她第一次見到父親這種表情。——父親在生氣。

「這隻鴿子受傷了。我想幫助他。」

摩夜小心翼翼地說，父親卻用寒冰般的眼神命令她：

「給我放回去！」

「為什麼？鴿子很可憐啊，放回去他會死的。」

「不行就是不行。」

懷中分明有鴿子身體的溫暖，但在一瞬間她卻彷彿全身凍結一般。

摩夜嚎啕大哭地回到公園。不讓任何人看到，也不讓朋友知道，避開眼目悄悄移動。

總覺得自己很沒用。

她將鴿子放回原處。鴿子似乎連動的力氣都沒有，無力地躺在那裡。

「對不起、對不起，真的很對不起！」

摩夜眼淚橫流地頻頻道歉，最後逃也似地跑離那裡。

——自那天起，摩夜幾乎沒和父親交談，只在必要的時候會和父親說話，父親也一樣。同時，摩夜放棄了當一個英雄，變成了只是個常看花式溜冰的普通女孩子。

「就是這麼回事。」

不知不覺夕陽照進店裡。店內染成一片帶紅的橙色，醞釀出一股寂寥的氛圍。

「從那次之後，看到父親或跟父親說話，都會感到一股厭惡。」

雖說是厭惡，但並不是討厭父親。她只是無法處理自己的心情。只要一意識到「父親」這個存在，內心深處就會湧上無以名狀的痛苦，甚至連跟父親說話都沒辦法。

「唔。」

店長前腳抱胸，似乎認真在想什麼的樣子。

「今天星期六父親在家，所以妳才出門的啊。」

青年領會，深深點頭說。

「謝謝你們聽我說這些，心情輕鬆多了。」

摩夜對青年和店長道歉。這不是客套話，她真的覺得內心稍微輕鬆了一點。畢竟她從未對任何人提過這件事。

「喂，小鬼。」

店長突然叫喚青年。

「前一陣子老夫做的墜飾在哪裡？」

「還在還在，我整理時有留下這個。」

說完，青年在吧檯裡蹲下去。

「有了，就是這個吧。」

那是貓的墜飾。沒有眼睛和鼻子，只有著貓的輪廓。金屬製的吊飾，在夕陽照射下閃閃發亮。

「這個是店長做的嗎？」

那是個非常可愛的墜飾。令人難以相信是貓做的。

「嗯，是背影的輪廓，意思是靠背影說話，也就是不為人知的努力。」

店長喜不自勝地解釋這墜飾的意義。

「店長一開口就話匣子停不了，連背影也會說話啊，真吵。」

青年故意做出大嘆氣的動作。

「吵死了。」

店長對青年大吼後，前腳按住墜飾。一瞬間，墜飾發出燦爛炫目的光。這是第六次的衝擊。店長不僅會說話會站立會走路，還會使用魔法啊。

「這樣就完成了。」

店長腳一拿開，墜飾貓的身體上就出現小小的肉球印記。彷彿是種記號。剛剛明明沒有這印記，究竟是怎麼一回事呢？

「小姑娘，這墜飾就送給妳吧？」

店長將墜飾遞出去說。

「給我嗎？啊，謝謝。」

突如其來收到了禮物。摩夜雖感到莫名奇妙，仍然老實收下。

「妳戴戴看。」

店長催促說。於是摩夜依話戴上墜飾。

「很適合呢。」

青年拿出手鏡替摩夜照鏡子。

鏡中人的確是摩夜，但感覺有些不同。胸前的墜飾讓摩夜顯得有些成熟。

於是摩夜在青年的目送下走出貓庵。夜色已深沉，差不多得回家了。

話說回來，今天真是不可思議的一天，甚至覺得一直在做夢一樣。

「──奇怪？」

一走出去，摩夜就發現哪裡不對勁。覺得自己離地面很近，但視野卻又很廣大。有種不可思議的奇妙感覺。

究竟是怎麼回事呢？雖然覺得詭異，摩夜仍前後動著脖子向前走。

「咦？」

前後動著脖子？不太對勁。一般來說，脖子都是上下左右動的。只會在音樂加打拍子時才會看到脖子前後動。

她緊張地環看四周。正好她身旁就有一個櫥窗。總覺得那櫥窗莫名的大。擺在櫥窗裡的小物也巨大化，完全都不「小」。簡直是「大物」。

往櫥窗仔細一看，玻璃上有一隻鴿子。玻璃映照出鴿子也沒什麼大不了，但令她吃驚的是玻璃上只有鴿子，照理說還會照出其他東西才對。

摩夜覺得奇怪而靠近櫥窗，照映在櫥窗上的鴿子也走近櫥窗。

「咦？」

摩夜往右動，鴿子也跟著動，即使往反方向動，鴿子也仍跟著動。

——感覺狀況差不多開始明瞭了。不對，還沒。她還不能接受，得有確切證據才行。她試著做出更容易理解現狀的行動。

摩夜豁出去高舉著兩手試著揮動，於是照映在櫥窗上的鴿子也張開雙翅，做出彷彿即將展翅飛翔的姿勢。

看到這狀況，她就不得不承認了。摩夜藉由變成鴿子，實現了變身為英雄的夢想。

「這也太扯了吧！」

一整個莫名奇妙，為何會在這個時間點上變成鳥呢？

映照在鏡子裡的摩夜，脖子上掛著墜飾。金屬製的貓和肉球印記也仍在，只是變成鴿子的大小。想必是配合摩夜的變身而改變尺寸了吧。

「——難不成。」

原因出在這墜飾嗎？畢竟是由會說話的貓這個怪奇現象集合體所送的禮物。說不定真能將收下這墜飾的人類變成鴿子。

「嘿咻、嘿咻、嘿咻。」

摩夜拚了命地移動到大門前，大聲抱怨。

「有人在嗎？你們對我做了什麼啊——」

她扯著喉嚨大喊，卻無人出現。大概這聲音聽起來就像是一般鴿子的咕咕叫聲吧。

「唉，該怎麼辦呢？」

摩夜在大門前來回徘徊。傷腦筋，該怎麼辦啊——

——剎那間。摩夜感到一股不祥的氣息。有個極度危險的東西靠了過來。

正當她慌張地想要離開那裡時，附近響起啪嚓啪嚓的聲音。黑色翅膀，巨大的喙嘴。是烏鴉。

烏鴉一直線地朝摩夜的方向飛過來。

「呀！」

她連忙避開。慘了！摩夜此時此刻似乎正受到烏鴉的襲擊。摩夜突如其來地被丟到弱肉強食的自然界。

即使烏鴉的初次攻擊失敗，仍不放棄繼續攻擊摩夜。她不曉得原來烏鴉是會攻擊鴿子的。她對於烏鴉和鴿子的印象是，他們會一起賴著給飼料的老爺爺要麵包屑吃。

「不要過來！」

摩夜企圖逃跑。烏鴉卻緊追不放地逼迫著摩夜。

「那個，我們來場鳥類的對話吧！」

摩夜向烏鴉呼喊，但對方卻沒有反應。看來是語言不通，畢竟鴿子是鴿子，烏鴉是烏鴉吧。

摩夜感到絕望。唉，自己會在這種地方被吃掉吧。真是再悲慘不過的人生。不對，不是以人而是鴿子的話，應該叫做鴿生——

「這裡！」

忽然間有人在叫她，看過去發現遠處有一隻鴿子。鴿子和鴿子似乎語言能相通。對方傲然挺出的胸口很顯眼。畢竟是鴿子，有鴿胸也是理所當然的，但胸前那道傷痕令人印象深刻。

不過，現在的摩夜自己也是鴿子，為了方便姑且就將這隻鴿子稱為救命恩人。雖然取得不好，但在烏鴉追捕全速逃命的狀況下，也沒空著墨在名字上了。

「救、救救我！」

摩夜拚命地往救命恩人的方向跑。其實鴿子不可能像人類一樣用跑的，所以應該要說她一邊用力把臉前後移動，快步走比較對。

烏鴉更加緊追著摩夜不放。說不定是發現獵物變成兩隻而見獵心喜。

「如果等下要撲過來的話，要同時飛起來喔！」

救命恩人給她建議。

「哎？可是我不知道怎麼飛啊！」

摩夜是才剛當上鴿子幾分鐘的菜鴿新人，突然要她使出高級技術實在太強人所難。

「不知道怎麼飛？這傢伙在說什麼啊？——唉，沒辦法了！喂，臭烏鴉！過來這裡！」

救命恩人將兩片翅膀在身體前方一拍，然後張開羽翼，往天空飛上去。烏鴉上鉤了，改去追救命恩人。

摩夜愣然地望看著飛遠的救命恩人和烏鴉，這才回神過來。不能呆愣在這裡，得躲起來才行！

但她不知道何處適合鴿子躲藏。就在她左往右回舉棋不定時，聽到啪嚓啪嚓翅膀的拍打聲。摩夜嚇了一大跳，難道是烏鴉回來了嗎？

「果然還在這裡啊！妳這傢伙還真遲鈍！」

摩夜鬆了口氣。幸好來的不是烏鴉，而是救命恩人。

「過來這裡，有一個好地方能躲避。之前是其他鴿子的巢，最近空出來了。」

救命恩人走在前頭，摩夜連忙跟在他後頭。

救命恩人默默地走在前面。而跟著他的摩夜默然不語。

既然沒話說，腦中自然光想事情。今後摩夜究竟會怎麼樣呢？

看來只能以鴿子的身分生存下去吧。在救命恩人告訴她的地方落腳，再蒐集樹枝什麼的製作鳥巢，肚子餓時去在公園裡撒麵包屑的老爺爺腳邊撒嬌。自己將來會過著這樣的生活吧。光想就覺得喪氣——

「喂，小心一點！」

救命恩人突然警告她，摩夜這才回神。

「那些人類很危險喔！」

那些是小學年紀的男孩子們。看來並沒有特別奇怪，就是一般的普通小孩。從時間帶來看，應該是放學回家途中吧。

「他們要來囉！」

但救命恩人卻警告說，並張開翅膀跳起來。驚慌的摩夜緊張地拍打翅膀時，小孩子們丟了石頭過來。

對小孩來說，那不過是又小又輕，容易丟擲的石頭。但從摩夜那嬌小的鴿子身軀來看，就如同殺人武器，每一次攻擊都很可怕。

摩夜到處奔逃，最後躲在臨近的住家空調室外機的陰影處。那些小孩子這才終於停止丟石頭，可能怕丟到別人家吧。

「喂，可以出來了，那些人也走了。」

摩夜一直躲著不敢動，這時救命恩人從外頭叫喚她。

「真的是太過分了！那些傢伙是怎樣！我們又沒做什麼！」

一從室外機陰影處出來，摩夜便憤慨說。

「好了好了，別氣了。也不是所有人類都是那樣。」

救命恩人安慰著氣呼呼的摩夜。

「在我還是雛鳥的時候也曾受過人類的幫助。是比剛剛那些小鬼更小的小孩，算是人類的幼崽吧。」

「是這樣啊。」

摩夜內心感到酸楚。那個「人類的幼崽」比自己厲害。果然幫不幫得上忙還得靠作法。回想起那時自己的無能為力，就覺得很沒用——

「那個人類的幼崽不知為什麼在我脖子上圍了個什麼，然後帶我回自己的巢穴。可是似乎惹父親生氣，最後又把我放回原來的地方。」

「欸——」

摩夜倒吞口氣。

「難不成是你？」

他就是當時的鴿子雛鳥吧？胸口的傷——原來就是那麼回事啊？

「怎麼了？」

救命恩人吃了一驚，瞪大雙眼反問她。

「不，沒什麼。」

摩夜努力抑止內心的激動，問道：

「你對那個人類雛鳥有什麼想法嗎？」

——不行。一聽到這件事就按捺不住情緒。

這是什麼蠢問題。救命恩人一定很恨摩夜。肯定又會聽到令人痛苦的事實。然而，她還是脫口問了出來——

「那個人類啊，把我放回原處的路上一直哇哇大哭。我想那人一定是在道歉吧，因為看起來非常悲傷。」

——救命恩人的情緒非常平和。

「人類有滿山滿谷的食物，還住在大鳥巢裡。和我們過著截然不同的生活。即使如此，卻也有無法盡如人意的時候，我當時才明白這件事，所以不會去記恨。」

救命恩人靠過來，啄著摩夜脖子附近。脖子上掛著墜飾。

「看到妳掛的墜飾而想起那人類為我做的事情。她那麼拚命地想救我。平時連鴿子都不一定會救同伴了。」

——救命恩人果然就是那時候的雛鳥。他甚至為沒救自己的人類著想，原諒了對方。

摩夜回想自己的狀況。自己至今曾想過別人的心情嗎？想像過對方在想什麼，在打算什麼嗎？

「那麼，話就先聊到這裡吧。」

救命恩人邁步出去。

「時間太晚的話，這附近會出現鼬鼠——」

「對不起！」

摩夜向救命恩人道歉。

「怎麼了？」

救命恩人身體整個轉過來。摩夜向對方傳達自己的心情。

「虧你救了我，我卻要跟你說抱歉。我有個非去不可的地方，有個非好好談談不可的人。」

——於是摩夜醒過來。

這裡是自家臥房的床鋪。身上穿的是睡衣。確認手機上的時間，現在是上午八點。

「原來在做夢啊？」

應該就是這樣吧。仔細想想，本來就是這樣。這世上根本沒有會說話的貓，也沒有會說話的熊貓。人類既不可能變成鴿子，鴿子也不可能推測人類的心情。

她躺在床上，上網查有關鴿子的知識。他們似乎會記住人的臉，一遇到外敵攻擊就會成群逃離敵人的攻擊。然而，具攻擊性的鴿子之間也會吵架，似乎也不會特地為其他的鴿子挺身而出。

冷靜地想了想，這也是理所當然的。真是的，做了一場自私的夢。那隻鴿子能順利活下來，還能體諒摩夜……根本不可能有這種事。

摩夜輕輕嘆息，將夢的事推入記憶的角落。首先，就先從她每天的例行功課，搜尋花式溜冰訊息開始著手。忘掉那奇妙的夢，和平常一樣過日子吧。

情報網站上，熱烈討論著美國選手權的話題。一名黑馬級的女子選手排名大躍進。

摩夜坐起身。認真地確認出場選手的分數和排名。

「——不會吧。」

她沒弄錯。和在那家店一邊吃笹糰子一邊看電視的結果一樣。

她試著用記憶中的關鍵字來搜尋。「維修專門店」、「貓庵」，都查不出任何線索。——果然不是夢吧。難道是她將在家裡看電視的記憶跟夢境混淆了？

她突然往書桌上一看。那裡有個陌生的東西。是由鍊子和金屬組合而成，掛在脖子上的飾品。

她說不出話來。那飾品的確是那隻貓咪——店長送她的墜飾。她不會搞錯。真的完全一模一樣。

只不過有一個地方不一樣。就是那個小型的肉球印記消失了。彷彿它完成了任務，把該說的話說完後便消失無蹤一般。

摩夜來到客廳，父親正在那裡。他坐在沙發上，開著筆電閱讀工作上所需的各種文件，以及寫電子郵件。旁邊放著馬克杯。馬克杯裡有咖啡。一如往常的身影。

身上穿的不是西裝而是便服——對了。摩夜想起來，今天是星期天。

她驀地湧起了一個疑問。即使星期六日在家，父親也經常像這樣打開筆電。難道連休假日也工作嗎？

她想了想，卻理不出答案。因為摩夜對父親的事不了解。

她知道父親的職業，也聽說他是責任很重的管理職。

然而對父親的日常生活卻一無所知。在兩人保持距離的這段時間，摩夜不知不覺完全不知道父親每天過著怎樣的生活。

客廳有著相連院子的玻璃窗戶。外面的光透了進來，非常明亮。然而，摩夜卻覺得父親待的地方覆蓋著薄薄的薄霧。

「早安。」

她能說的只有這個。最安全的一句話，打招呼。

「啊，早安。」

父親瞄了她一眼。一如往常，眼鏡深處的眼眸不知在想什麼。

兩人就這樣一語不發。基本上一直都是這樣，一打完招呼就沒話說。如果父親工作需要早點上班，他就會先去公司，反則摩夜先去上學，遇到休假日時摩夜就回房間。不外乎這情形。

現在該怎麼辦？摩夜在父親的斜後方，保持微妙的距離站著不動。

她揣測著父親的想法、父親的心情——沒辦法。完全無法想像。她想去思考，頭腦和胸口卻一片混亂。那時父親嚴肅的臉龐重現，令她呼吸困難。『給我放回去』、『不行就是不行』的聲音再現，她很害怕——

——正當此時。有隻鳥隨著翅膀啪搭聲落在院子裡。

「啊！」

摩夜驚呼。是救命恩人！

不對，鴿子外觀看來都大致一樣。先不提種類，怎麼可能區分出每一隻來。明明不可能區分得出來，卻不禁會覺得那鴿子就是救命恩人。

「是鴿子啊。」

父親喃喃說。摩夜僵在那裡。可能聽見摩夜的驚呼，父親才發現鴿子。說不定又要對她說些什麼。就像那時嚴厲的眼神，以及嚴厲的聲音對她下達命令。

「摩夜。」

父親眼神仍落在筆電上，開口說：

「妳還記得鴿子的事嗎？」

來了。她的腳發抖。口乾舌燥，手心冒汗。

「那個時候——」

父親回頭。嘴唇一張，說出來的話是：

「——很抱歉。」

出乎摩夜意料之外的一句話。

「我沒想過要傷害妳。」

父親眼裡的情緒並非那時的冷漠無情。而是溫暖且帶些悲傷的光芒。

「妳為了守護和母親的約定，一直拚命逞強吧。」

父親聲音裡隱含的並非當時的尖銳冷酷，而是溫柔且充滿包容的平靜。

「我希望妳能從痛苦中解放，所以故意冷漠對待，沒想到那樣會傷害了妳。」

父親微微低下頭。

「妳比我想的還要溫柔善良。」

摩夜無言以對。父親比她想的還成熟，比她以為的還愛著自己。

父親站起來，打開客廳角落櫃子的門，從中取出一本相簿。摩夜大吃一驚，她甚至不知道那裡收著相簿。

「我想重拾那樣的笑容。」

父親將相簿放在客廳桌上，父親翻開每一頁。相簿裡全是雙親和摩夜的笑容。她沒看錯——父親也在笑。

摩夜和父親只拍了一張相片。母親不在相片裡是因為由她負責拍照吧。身穿英雄裝的摩夜，高高舉著手裡的武器。腳下是躺在地上苦笑的父親，上演著「我被打敗了！」的戲碼。

這時她才想起來。摩夜和母親一直都扮演著英雄。但光只有英雄，遊戲玩不起來。必須要有壞人的角色——啊，為什麼會忘記這麼重要的事呢！

「爸爸。」

摩夜擁抱著父親。眼淚不停地掉下來。彷彿要將橫亙在兩人之間的芥蒂沖刷掉一樣。

「摩夜。」

父親手拙地撫摸著摩夜的頭髮。

「啊，我要看花式溜冰了。」

過了一會兒，摩夜離開父親的懷抱說。摩夜稍微了解了父親，所以這次她要讓父親了解自己。

「爸爸也一起看吧？」

摩夜邊說邊坐進沙發。

「花式溜冰啊，妳媽媽以前也常看呢。」

父親坐她旁邊。

「爸爸，你懂花式溜冰嗎？」

「嗯，只要騰空轉四圈就能獲得最高分獲勝吧？」

父親口氣不太有自信地說。沒想到父親也有說出這種荒謬答案的時候。

「完全不對。」

摩夜毫不留情。

「是嗎？」

父親面露些許詫異。

「分數很高的確是有利之處，但分數太高的話，下一季就要放棄騰空轉四圈的表演，而需要更具藝術性的技巧——」

這時摩夜轉頭看向院子。救命恩人已經不在那裡了。

雖然沒有證據。但摩夜認定那隻鴿子一定就是救她的恩人。

第四章

在店長脖子上掛鈴鐺——小小的店長串珠娃娃

出於女性嘴裡的讚美，有各種意含。有真心覺得厲害而感到佩服的；也有想透過讚美獲得對方好感的；更有附和對方想法而順口稱讚的。

「課長真的很厲害耶。」

另外，還有這種言下之意是「雖然很厲害但我辦不到」，隱含著不耐煩的稱讚。

「沒有啦。」

江口朱美順勢接受了這聲「厲害」。成為社會人近十年，她早已習慣這種反應。對方是廣本菜月，進入公司大約半年的年輕下屬。看來是還不習慣朱美這種「做的事遠超過公司規定」的人。

「沒有啦。」

小事一樁——話未出口便吞了下去。如果工作得太賣力，有可能會讓人認為「上司帶頭加班工作，就是在施壓要下屬也得免費加班」。她也不想勉強下屬，再想想其他妥善的說法吧。

「反正我這星期日又不忙。」

這樣應該算恰如其分吧。

——朱美並非想讓自己獲得什麼好評。雖然在這年紀，已經有了不錯的職稱，但有更多同年紀的人在其他更大的企業裡被委派更偉大的工作。

在這層意義上，原本想說的「小事一樁」倒是真心話。真的不是什麼了不起的事，只是份內事罷了。

「星期日上半天班」的確很麻煩。休假日只剩半天，也沒有高額的假日津貼，更不會因此大受公司好評。只是必須有人去做而已。僅僅如此。

於是乎，這個星期日朱美便穿著套裝去上班。手腳俐落地在上午完成了必須完成的工作，午餐也在公司旁的蕎麥麵店簡單吃完後，便直接坐上回程的電車，車上正好有空位，她就迅速地坐了下來。

她在電車裡全都是滑手機來打發時間。不是玩遊戲或用通訊軟體聊天，主要是看網路電子報的新聞。

當年為了找工作而開始看網路新聞，養成習慣後就延續至今。反正既不會有什麼損失，對工作也有加分的效果。而且，她也沒有其他需要在這段時間完成的要事，當然沒有理由放棄這習慣的理由。

星期天的新聞會有比較多的專欄或書評，比平日的內容輕鬆了一點。快速閱讀新聞的朱美手指突然停在某篇訪問上。心裡的衝擊好比被雷打中般劇烈。

令朱美驚愕的是每週會專訪活躍於各領域女性的報導。這系列採訪其實很普通，但重點是在於此次受訪的人物：「歷史學家 平內憲子」。採訪照片是在黑板前講課的女性身影。既陽光又美麗，知性的氣質也符合她的頭銜。

朱美認識這位女性。過去她們的人生曾有所交集。

她整個人的感覺煥然一新。不像「當時」那樣戴著眼鏡，氣質優雅出眾。然而，她並非同名同姓的另一個人，朱美很清楚這位女性絕對就是「那個」憲子。

朱美讀著文章，現在的她是著名大學的副教授，也活躍於電視節目中，擔任解說員。更因流暢清晰的口條，簡單扼要的說明而大受歡迎。幾乎不看電視的朱美第一次知道這件事。

記事的最後，有著如此的總結。

——在電視的歷史節目中，由老學者當任解說員可說是「常規」，但她在這股風潮中，也泰然自若地接下挑戰。「在漫長的歷史中，人的一生可說是極為短暫。無論年輕或年長，在人類的歷史面前並無太大差異。希望今後我也能將歷史的有趣之處傳達給更多人。」

記憶復甦，歷歷在目。朱美回想起與她共處時的記憶。曾以與現在完全不同的價值觀和態度生活著的朱美，和現在感覺完全不同的她，在同一個地方、同一個時間裡一起度過的時光——

——當時，朱美全都用 **iPod** 來打發時間。不管是在上學的電車中，或是在學校的休息時間裡，朱美都一直在聽音樂。聽的是激烈吵鬧的歌曲。

喜歡音樂當然是無庸置疑，但最重要的目的是為了閃避無聊的話題。

帥氣的偶像、笑話和流行的衣服。同學們的話題時常換來變去。一言以蔽之，就是什麼都可以聊，重要的是「和同學一起聊天」這件事。強調自己懂得察言觀色，融入於班上是最重要的事情。

不過，這一點反倒讓朱美不開心。光是重視「跟大家一起」、「跟大家一樣」，為此即使不喜歡的東西也會說喜歡，甚至避開喜歡的東西。對此感到厭煩的朱美一直散發出「你們別來跟我說話」的氣場，用音樂建了一道牆來隔離周遭的人。

離家升上高中已經過了一個月。雖然和同學不太交談，但也沒有什麼不方便的地方。就算大家都不跟她說話，也完全沒問題。

「喂，江口同學。」

事實上並沒那麼順利。想趁剛升上高中這段時間來吸引男生注意的某位女同學，露出了「友善」的笑容向她搭話。

「幹嘛？」

朱美拿掉耳機，口氣愛理不理地回道。

「江口同學很愛聽音樂呢。」

但女同學的臉上仍堆著笑容。

「妳在聽什麼？告訴我吧！」

既然對方這麼說，朱美便告訴她。這是美國某個樂團的首張專輯。團員全都戴著詭異的面具，統一穿著連身工作服，音樂則是由轟隆作響的吉他及主唱的尖叫貫穿——

「西洋音樂啊？我不太了解。」

女同學一聽到是海外樂團就興趣缺缺。朱美想也知道，對方對後頭的內容全都是左耳進右耳出。

「不了解的話，可以不用假裝在聽我說話。」

因為覺得火大，而故意讓對方聽到自己關上心門的聲音。女同學先是一臉僵硬，最後才「哈哈」幾聲，識趣地離開。

朱美默默又戴上耳機。想聊天也只是白費力氣。誰叫大家只對感興趣的事物有興趣，又不想去了解不熟悉的事物。反正不過就是感覺吧。哈哈——

經過「聽什麼歌事件」後，朱美在班上的立場也隨之確立。她成了「聽奇怪西洋音樂的恐怖女生」。正合朱美的意。

在那之後，朱美每天的例行公事是一個人度過休息時間，放學後便到校舍頂樓。雖然放學後也能立刻回家，但要是在歸途或電車中遇到班上同學的話，便會被他們投以好奇的眼神，她覺得這樣很煩，乾脆錯開回家的時間。

頂樓上沒半個人，可以度過還不壞的悠哉時光。雖然夏天可能會很熱，而冬天或許很冷，但到了那時再說吧。

朱美享受一個人的時光的時間並不長。因為有一個人逕自闖了進來。

那一天下著小雨。不用說，學校頂樓當然沒有屋頂，於是朱美在樓梯口的屋簷下躲雨。雖然只要進到校舍裡就好，但不知怎麼地她就想待在外頭，就像是一種逞強吧。

當她如同往常般聽音樂時，樓梯口的門打開了。她好奇地回頭，那裡站著一名女學生。個子嬌小，戴副眼鏡，髮型算是短髮。整個人感覺唯唯諾諾的。從名牌顏色來看跟朱美一樣同屬一年級生，姓平內。

平內同學瞄了下朱美後低下頭，一直重複這動作。感覺很妙。

「有事嗎？」

朱美拿掉一只耳機問道。平內同學嚇了一大跳。

既然那麼膽小，應該會逃走吧。朱美這麼想，但平內同學卻有莫名的耐性。扭扭捏捏半晌後，微微深吸口氣。

「我有事上來頂樓。」

接著她又說起話來。

「啊。」

朱美自個兒也不好說，但在這種地方會有什麼要緊事？況且還下著雨。雖感到謎團重重，但她還是先靠邊站，注意著盡量不讓自己淋到雨，一邊空出通道。

平內同學走到頂樓後，發現外頭正在下雨而大吃一驚，又回到了屋簷下。

屋簷不是很寬，平內一走回來，兩人就只能並肩而立。

總覺得氣氛有點尷尬，但又沒有特別該搭話的理由，也沒有話題。朱美下定決心不去在意，打算重新戴上耳機。

「那個……」

這時平內同學突然向她搭話。

「什麼？」

朱美困惑地應道，平內同學小心翼翼又很緊張地看向她。符合校規的裙長、打得規規矩矩的領帶，與其說像是模範生不如說是樸素；與其用乖乖牌來形容還不如說是樸素。總而言之，就是很樸素的一個人。

「我叫做平內憲子。」

平內同學自我介紹了起來。這令朱美更加一頭霧水了。突然冒出來的樸素少女為什麼要對朱美自我介紹，根本沒道理。

「請多指教。」

平內憲子鞠躬說。她的胸前有個東西在搖晃。插在胸前口袋的筆尾上掛著鈴鐺。聲音很小聽不到鈴聲，這鈴鐺跟她這人氛圍挺像的——

『——出口在左側。』

車內廣播將朱美從回憶拉回到現實。看了下車內的標示螢幕，已到了離自宅最近的一站。

——她早已忘得一乾二淨，許久沒想起那時候的事了。

電車到站停了下來。朱美將手機收進托特包，拉上拉鍊後站起來。

走到月台，通過剪票口，走出車站。這段期間她腦中全想著過去的事。或許聽聽音樂能轉換心情，但朱美身上已經不會帶著 iPod 之類的東西。手機又沒插上耳機，她已經很久沒有主動去聽音樂了。

於是她心不在焉地踏上歸途。那些回想起來也沒用的回憶一一甦醒。總是在回顧後悔也無濟於事的失敗，胸口也隨之感到苦悶。

喝酒吧。朱美決定喝酒解悶。若一直這樣下去會影響到明天的心情。

她繞去藥妝店，買了一堆燒酎調酒和零食。朱美平常沒有在家裡喝酒的習慣，牌子也是隨便亂選一通。請店員將這些東西裝入塑膠袋後，她便直接整袋放入托特包裡。雖然也可以不用拿袋子，但之後拿來當作家裡的垃圾袋使用也不錯。

從藥妝店出來稍微走了一段後，托持包裡的手機震動了起來，朱美從震動模式判斷，應該是公司的電子郵件收到了新信件。

半晌後，又傳來同樣的震動模式。連續傳了兩封信來，或許有什麼緊急的事情，最好還是確認一下才對。

於是朱美停下來，正要打開托特包時，卻發現拉鍊緊得拉不開。她用力拉開一看，原來是夾住塑膠袋了。似乎是她剛才將袋子連著拉鍊一起關上，真是太不小心了。

她拿起手機確認郵件。寄件人是bloody_dark_nightmare這類的地址，主旨是『好久不見，我是紫香樂闇奈。』，第二封則是『我是廣本，不好意思寄錯了。』

朱美大概了解是怎麼回事後，便直接把郵件刪除。為了體諒對方，她沒把信點開。但會將個人信件誤寄到公司主管信箱裡，表示對方沒好好管理信件，下次得當面提醒她才行。真拿她沒辦法。

朱美將手機放回托特包裡，拉上拉鍊。

「天！」

她頓時驚呼。拉鍊竟然關不起來，一直開到尾端。

先將拉鍊頭拉回到還關得起來的部分，再小心地往前拉，果然還是關不起來。肯定是拉鍊壞了。所謂的禍不單行就是這麼回事吧。

看來明天只好先帶這包包上班，回家時再繞去買新的。雖然她還挺喜歡褲裝搭配托特包的造型。

她走出一步後，又再度停下來。並不是紫香樂什麼小姐又傳訊息來。而是朱美發現前方有一個招牌。

招牌上寫著『維修專門店　貓庵』、『萬物皆可維修』。無論是設計或品味感覺都經過專家設計，相當引人注目的招牌。不過，庵字翹起來的部分設計成貓尾巴，倒是很刻意。

先不管這個，如果真是什麼都能修理就實在是謝天謝地了。不用特地買新包就能解決，更何況只是拉鍊壞掉就得換一個新包也太浪費了。

貓庵這個建築物的外觀設計，典雅又大方。店頭有櫥窗，擺了各種衣服和小東西。應該是為了展現這家店的「維修」技術。

稍微看了下櫥窗裡的東西，她對手工藝的東西不了解，無法妄下評斷，但看起來每樣都做得很棒，修拉鍊應該不是難事。

「打擾了。」

打開門，朱美邊出聲招呼邊進入店內。

店裡有吧檯，兩張四人座的桌子，裝潢宛如咖啡店的風格。還有一把紅色和傘擺放得像架在吧檯上方，整體概念倒像是日式喫茶店。由於店名是「維修專門店」，還以為店內裝潢會像小木偶爺爺的工房一樣，朱美不禁有點意外。

吧檯上有隻貓。有著茶色底的毛與黑色虎斑。貓咪橫躺著看向朱美。應該是吉祥物吧。畢竟收錢讓客人與貓咪玩耍的貓咪咖啡店也愈來愈普及，的確是個不賴的經營策略。

朱美和貓咪四眼相對。貓有著橘色——應該更像是橘紅色的瞳孔。若舉一個最相近的例子，應該是夕陽吧。會讓見到這雙眼眸的人感傷或寂寞的顏色。

「歡迎光臨。」

吧檯深處的門開啟，一名青年進到吧檯中。年紀約莫二十幾歲，端正的五官與瘦長的體型，就算說是年輕的人氣演員也說得通，看起來就很受女孩子歡迎。然而，瞳孔深處湛放的光芒卻能感受到他不只是個花瓶帥哥。不知道該用難以掌控來形容呢，還是該用老成來形容才好，總之，氣質相當不可思議。

「店長，請您好好接待客人啊。」

青年這樣對貓咪說。應該是為了客人能毫無顧慮地和貓咪肢體接觸才會這麼說吧。那麼自己就恭敬不如從命，去和那個應該是店長的貓咪玩一下——

「這是什麼話。若老夫去接待客人，小鬼不就沒工作了嗎？這叫工作分享。」

於是店長嘴硬地反駁說。朱美瞠目結舌。貓咪竟然說話了。她萬萬沒想到有生之年竟能從貓嘴聽到「工作分享」這個單字。

「我的工作多到一個頭兩個大了，替我分擔一些也不為過吧。」

青年毫不在乎地和店長繼續談話。這對他或許已是習以為常的事了。

「請坐。」

青年笑容可掬地請一臉狼狽的朱美入坐。原來他的笑容也如此迷人。但朱美可不會就這樣上當。

「為什麼貓會說話？」

這問題聽來滑稽，但她也只能這麼問。

「妳這問題還真奇怪。」

店長從吧檯跳下來，站在地面上。

「誰規定貓不能說話。人類可以說話，貓卻無法說話，哪有這種道理。」

沒錯，店長是站著的。用兩隻後腳站立。怎麼會有這種事情？

「簡直是小學生愛說的歪理呢。一副『為什麼不能做壞事？那些大人物不也做壞事？』的樣子，完全就是狡辯。」

青年指出貓咪邏輯的問題點。雖然朱美覺得是貓咪用兩隻腳站才違反物理邏輯，但青年似乎沒有要吐槽這點的意思。

「夠了，住嘴。別挑人話柄。」

貓咪憤憤地踏腳鬧脾氣，全身舉手投足都不像隻貓。不，這反而是他的可愛之處吧。

「總而言之，妳先坐吧。身為庵主，老夫不希望客人站著。」

店長抬頭看著朱美說。

「哦。」

催促之下，朱美坐入吧檯位子。

「請問今天有何貴幹？」

一入坐，青年便詢問道。

「包包的拉鍊壞了。」

朱美將身邊的包包擺到吧檯上。

「嗯，老夫看看。」

店長跳到吧檯上，檢查拉鍊。

「小鬼，把適合這包包尺寸的拉鍊和拆線器給老夫拿來。還有剪刀之類的工具。」

店長目不離包，直接向青年下指示。

「好的。」

青年便開啟剛才那道吧檯門，走了出去。

「真傷腦筋啊，客人妳太大力拉拉鍊了。」

店長抬起臉，看向朱美。

「因為夾著塑膠袋，不小心就——」

朱美一邊回答，一邊心生佩服。光用看的就知道問題出在哪兒，真不簡單。

「從包包的狀態來看，妳平常應該不會如此粗暴對待它，發生啥事了嗎？」

端坐在吧檯上的店長問朱美。

「聊聊吧，老夫出肉球幫妳一把。」

又圓又大的雙眼望進朱美的眼目中。那對有著奇妙顏色的瞳仁，綻放著彷彿看透心中所思所想的光芒。

「來吧，別客氣，盡量說吧。」

店長不給朱美猶豫的時間，店長探出身子不斷逼近。

「不，沒什麼。」

朱美支吾其詞。卻無法斷然拒絕。

「真的什麼事都沒有嗎？妳有自信斷言，有辦法自己一個人處理嗎？」

她無法否定店長的話。

「我，這個——」

即使說出來，也只是流露內心的動搖罷了。

「店長，我拿來了。」

青年抱了一堆東西回來。朱美覺得更加為難。如此一來，不只店長，連這青年都會聽到她說的話吧。

「小鬼，你去整理倉庫直到老夫滿意為止。」

正當朱美想著該怎麼辦時，店長這樣告訴青年。彷彿了解朱美內心的想法。

「這令人惱火的命令是什麼意思嘛？這叫做職權騷擾喔！」

青年氣呼呼地抗議。

「老夫有點事要問客人。」

店長語氣稍微認真地說。

「有煩惱的人類，並不完全是被同情的一方。」

接著瞄了一下朱美。

「那煩惱有時也因為錯在自己。」

朱美愕然失語。光從朱美那猶豫不定的態度，就能知道得那麼清楚嗎？

「知道了，有事再叫我。」

或許是同意了店長的意思，青年將拿來的工具擺上吧檯後，便開門離開。

「那老夫就邊修邊聽吧。」

店長如是說道後，便在朱美隔壁的椅子坐下，開始翻找著工具。他並不是像一般貓咪那樣坐，而是像人類般的坐姿。

「我會拿掉拉鍊換新的，這樣可以嗎？」

店長問道。他的手，應該說是前腳拿著的是如雕刻刀般的工具。金屬部分比雕刻刀細長，而且一長一短分岔成兩端。

「要拆掉拉鍊？」

她不太懂意思。拉鍊緊緊貼合著包包，並沒有用什麼固定住的感覺。

「將拉鍊的部分拆掉，縫上新拉鍊。」

店長輕描淡寫地說。朱美卻很訝異，看來似乎是個大工程。

瞥一眼店長攤開的工具，的確有更換用的拉鍊。原來拉鍊是獨自存在的單品，她第一次曉得這件事。

「雖然自己說有點老王賣瓜，但老夫的手藝真的很不賴。所以妳不用擔心會傷到包包。」

店長說。看來負責維修工作的不是青年而是店長。然而，跟剛剛的自稱一樣。店長的手是貓手。真的有辦法修好嗎？

「就包在老夫身上，這程度小菜一碟。」

為安撫朱美的不安，店長自信滿滿地表示。

「唔唔，既然你這麼說的話……」

既然事情都到了這地步，也沒辦法。雖然半信半疑，朱美仍決定交給他修理。她將裡頭的東西全拿出來後，把包包交給店長。

「嗯，妳安心吧。」

店長開始著手作業。閒來無事，朱美看著手邊的東西。

酒、餅乾、雜物小包、化妝包、皮包、手帕、衛生紙和手機。有些日子，她會為了讀資料或電子書而帶上平板電腦。扣除今天意外購賣的餅乾和酒外，這些就代表現在的自己。實用取勝的事務性內容。無聊乏味的人。

她回想起憲子。從電子報的單色照片就看得出來，她閃閃發亮。跟自己是如此不同，如此有別。

現在的自己或許比起當年的她還要無趣。若當時的憲子是「樸素」，現在的自己就是「淡而無味」吧。如水龍頭流出來的水般——不對，自來水都還有漂白水味。自己是更無趣的人，根本是水分子吧，H_2O。

「表情真嚴肅呢。」

聽到店長的話，朱美便從化學公式的世界重回現實。

她看向店長，只見他用有如雕刻刀的工具快速將拉鍊拆開。為何貓手能做如此精密的工作，根本不合理。

「我想起很多事。」

朱美脫口而出。

「以前的朋友似乎實現了夢想。」

店長工作的身體彷彿有股莫名的力量，能令她放鬆下來。

「哦。」

店長一邊工作，一邊附和。

「我卻沒有替她高興。」

隨著話語一一說出口，混亂模糊的情緒逐一明確地成形。

「雖說是朋友，實際上沒有那麼親密嗎？」

「不是這樣，我們感情很好。」

朱美搖頭回應店長的問題。自己一直和憲子在一起。對當時的自己而言她是閨密，對當時的憲子而言，朱美應該也是閨密。

沒錯，她們是最好的朋友。

「該怎麼說呢？」

那個時候——

——突然自我介紹的平內憲子，在那之後說了句「再見」就離開了。真是莫名其妙。

隔天，她發現了一個事實，原來平內憲子是同班同學，她之前完全不曉得這件事。

經過一兩個月，班上的「勢力圖」便大致底定。以八面玲瓏又可愛的女孩子為核心，形成班上主要的團體，而運動社團、普通的人、書呆子、喜歡動漫的人等團體，則是像飛鏢的鏢靶一樣圍繞她們。順帶一提，朱美的位置是這圈圈之外。牆壁或邊緣，肯定零分的位置。

平內憲子則像拚命掛在最外圈，就她如同掛在胸前的小鈴鐺一樣，存在感稀薄得要是不仔細看就不會發現。

這麼看來，她應該是為了不想要一個人孤孤單單，才和朱美攀談吧。不對，她若有這樣的打算，在第一次攀談時應該要更大方點才對。上次那樣實在太過笨拙了。果然還是個謎。

放學後，朱美完成了值日生的工作，來到頂樓上，那時平內憲子人已在那裡。平內憲子朝著因驚訝而呆站的朱美低頭打招呼，「妳好。」

之後，一直到朱美回家前，平內憲子什麼都沒做，只是默默地看著書。謎團愈滾愈大。

隔天，以及再隔一天也是一樣。平內憲子都會來到頂樓，這次是攤開類似古紙一樣的東西，盯著入迷。

朱美在這段期間一直戴著耳機，卻無心聽歌。現在不是聽音樂的時候。怎麼回事？現在究竟是怎樣？

某一天。朱美終於下定決心問她究竟想怎麼樣。

「那個！江口同學！」

沒想到對方也在這時與她攀談。

「怎樣？」

被奪得先機，令她不小心跟平時一樣冷漠以對。

「我也想聽聽江口同學的音樂！」

「什麼？」

出乎意料的這番話令朱美不禁傻眼。

「這個嘛……」

她連忙從西裝制服的口袋拿出 iPod，看著曲目表。

朱美瞄了下平內同學的表情，她一臉像是要決鬥般的認真表情。雖然那不是聽音樂該有的表情，但朱美也因此明白她跟之前的同學不同，是真心誠意的想了解。這麼一來，朱美也得認真回應她才行。

「就聽這個吧。」

她選了手頭上的音樂中最有名的樂團。這也是美國的樂團，具節奏感的饒舌、厚重的吉他聲、再融合了主唱特殊的嗓音所唱出的哀傷旋律，在日本也是頗為知名的樂團。iPod 裡的是第二張專輯。該聽哪首呢？每首都還蠻好聽的——啊，就先聽第三首歌吧。選完歌後，她先按下暫停鍵。

「這邊是右耳。」

朱美一邊說明左右耳方向，並把耳機拿給她。平內同學笨拙地戴上耳機。

朱美將音量稍微調得比平時自己聽的音量小一點後，再播放歌曲。

平內同學的表情沒有改變。一臉緊繃的表情睨著空無一物的半空。她可能是在集中精神聽音樂吧，但也太誇張了。

由於自己聽不到聲音，也不知歌曲進行到哪裡。就算看了 iPod 的顯示畫面，也無法完美想像出現在究竟實際聽到哪裡。

一分鐘、一分三十秒，只有時間不斷流逝。平內同學的表情依舊沒有變化。朱美難掩失望，果然沒能讓她產生興趣，分明是首好歌啊。

——不對，說不定不是這樣。朱美低頭開始沉思。

說不定……只是自己不擅於向人傳達自己的想法。會和周遭人起衝突，或許也是因為自己不擅溝通。

她頓時感到不安。仔細想想，「在聽什麼事件」可能是朱美不對。朱美之所以現在會孤單一人，並不是自己希望如此，而是不受周圍歡迎才會變得如此？

她再度抬起頭，播放時間顯示正播到兩分二十秒左右。而平內同學——眼淚正撲簌簌地掉下來。

「哎？」

朱美嚇了一大跳，差點把 iPod 摔了下來。她怎麼了？

歌曲聽完的平內同學拿掉耳機，把眼鏡往上推，再用西裝制服的袖子拭淚。她真的在哭。

「妳怎麼了？」

朱美終於問出這一句，平內同學看向朱美。直勾勾的視線。那是沒有任何虛假，表裡如一的誠實雙眸。

「我真的很感動。」

——從這時開始兩人成了無話不談的閨密。

「這個樂團太棒了！」

憲子對每個朱美喜歡的音樂都展現出相當熱烈的興趣。

「太厲害了！太帥了！」

「對吧！」

朱美也興奮地告訴她很多關於音樂的事。她雖是中學時期開始聽音樂，但卻沒有這種分享的經驗。對朱美而言，音樂一直是只屬於自己的東西。

「對了，」

朱美也開始對憲子產生興趣。

「憲子，妳在看什麼？」

憲子在頂樓上看著她攤開的奇妙紙張。上頭寫的是如天書般完全看不懂的文字，但一看就曉得是很古老的東西。

「這個啊，是古文書。」

憲子害羞地回答。這有什麼好害羞的。

「古文書是什麼？」

「就是古時候的人留下來的古文書籍哦。」

「這個我知道，我想知道的是為什麼妳要看古文書？」

「因為我想看啊。」

有點天然呆的憲子有時說話會像是連續投來會消失的魔球，讓人一頭霧水。對負責接球的人來說，再也沒有比這種球更令人想哭的。

「我家有很大的倉庫。」

感覺終於要進入正題。

「倉庫裡有我家祖先留下來的大量古文書，從小我就自己學著怎麼看。」

「啊，原來如此。」

感覺好了不起。朱美什麼都不懂，只知道比父親、母親以及曾祖父母還老的祖先都是人類罷了。現在憲子的話就像是異世界的故事。

「可是上了高中之後，前陣子開始遭到雙親的反對。」

憲子的表情淡了下來。

「他們說女孩子讀這種東西，以後會嫁不出去。還要我學學如何交朋友。」

憲子的頭髮比初見面時長許多，隨風飄揚。

「可是我無論如何都想讀古文書，想研究更深入的歷史。」

「這樣很好啊。」

朱美斷言說。

「不用配合任何人。就算學會了其他人也會做的事情，那又有什麼意思？憲子就做憲子會做的事就好。」

憲子露出驚訝的表情，然後微微一笑。

「謝謝。」

那是連見到這笑容的朱美都會心動的燦爛笑容。

「所以我才會主動攀談，想跟朱美做朋友。」

憲子說。

「完全不對班上任何人虛以委蛇，一個人也自由自在。讓拚命想打入圈子裡的自己就跟笨蛋一樣，很想跟這樣帥氣的人做朋友。」

「妳把我誇得太好了啦。」

朱美不好意思地把臉別開。

兩人做什麼事都黏在一起。想當然耳，她們也交換了聯絡方式，午休時也將桌子連起來一起吃便當。憲子還學朱美將之前繫得很緊的制服領帶稍微調鬆了一點。

憲子不僅外表，連態度也有了很大的轉變。

「我問妳，這樣比較好吧？」

她時常會像這樣主動搭話了。

「看是要跟什麼比較。」

另一方面，朱美倒是常常感到為難。這時也是，憲子要她看的是個普通的茶色短夾。感覺不好也不壞。

「那不是妳之前就在使用的皮夾嗎？」

朱美實在沒辦法就乾脆直說了自己的想法，只見憲子嘟著嘴反駁：

「不是那個，是這個啦。」

憲子指著皮夾的一角，仔細一看，放零錢的拉鍊上掛著什麼東西。

「原來是這個，妳改掛到皮夾上了啊。」

那是原本掛在自動鉛筆上的鈴鐺。

「嗯，之前不是掉了嗎？」

「對啊，之前掉過呢。」

——忘了是哪一天，放學後兩人去逛唱片行。她們在店裡試聽音樂，逛逛推薦專區時，憲子突然大喊「鈴鐺掉了！」似乎是從自動鉛筆上掉了。

最後是在店員以及剛好在場的嘻哈大哥幫忙下，才終於找到鈴鐺。朱美原本覺得打扮成嘻哈風格的人「感覺很差」，但這件事令她拋掉了偏見。

「皮夾大多都會收在包包裡，應該不大會掉吧。」

憲子自信滿滿地表示。

「是嗎？」

話說回來，在皮夾上掛鈴鐺很有一種古老咒語的味道。朱美想起祖母好像就曾這麼做過。

算了，這種事下次再說。因為朱美還有更在意的事情。

「對了，那鈴鐺有什麼意義嗎？」

這是最為基本的問題。從第一次見面開始，憲子身上就掛著這鈴鐺，究竟是有什麼原因？

「你們家代代相傳的東西嗎？平內家的家徽是鈴鐺？」

「不是，我家的家紋是『圓內交叉的扇紋』喔。」

憲子否定朱美的猜想後，眼神忽然望向遠方。

「不是這樣的，這個是別人送的禮物。」

——雖然常被憲子說的話給嚇一大跳，但這次的發言可稱是首屈一指的厲害。

「雖然已經分手了，但這是初戀情人送我的鈴鐺。在國中的時候。」

朱美因太過震撼而說不出話來。

「震驚成這樣也太沒禮貌了吧？」

憲子不悅地板起臉。

高二的秋天，兩人去看了演唱會。憲子第一次聽時就感動流淚的樂團來日本舉行了演唱會。

老實說，之前也有過參加這樂團演唱會的機會，他們曾在搖滾音樂節與慈善音樂會表演過很多次。

然而每次憲子的父親都不同意她去聽演唱會。對平內家而言，搖滾樂團的演唱會就等同可疑的反社會人士聚會。

這次一定要成功，兩人因此研擬了詳細的作戰計劃。她答應父母會經常聯絡，也以音樂雜誌等資料作了簡報說明「搖滾樂團的演唱會並非不良少年聚集耍壞的地方」。加上時常來家裡玩的朱美也和父母熟識而成了助功，兩人終於獲得許可。

包含熱場，總共有三個樂團參與了這場表演，結束時已超過九點。她們兩人和其他觀眾一起離開會場，往車站方向走去。

「太精彩了！真的太棒了！」

憲子興奮地說。演唱會從頭到尾她都非常嗨，看來興奮的情緒尚未平撫下來。

「就是說啊。」

朱美也很激動。對朱美而言，這也是她人生第一次參加的演唱會。直接沐浴在音樂下是全然不同的經驗。未曾聽過的重低音、響徹整個擴大空間的歡聲、超過萬人聚集所釋放而出的熱烈氣氛，全都歷歷在目。

周圍擠滿了看完演唱會踏上歸途的人。有的人穿著T袖，有的脖子上圍著毛巾，穿著打扮跟一般的行人完全不同，一眼就分辨得出來。大街彷彿被粉絲所鎮壓似地，讓朱美不自覺地驕傲了起來。

朱美她們也穿著樂團的T袖。那是在演唱會買的週邊商品，圖案設計則都不一樣。

雖然憲子希望兩人穿一樣的款式，朱美卻斷然拒絕了。穿一樣的圖案會讓朱美覺得很不好意思。不過，看到馬路上有人穿著同樣圖案的T袖，她卻反而感到莫名開心，真是勢利眼。

「謝謝妳，朱美。」

憲子突然冒出這一句。

「唔？謝什麼？」

朱美反問，憲子揚起嘴角微笑。

「如果只有我一個人，一定不會曉得這樣的世界。因為有朱美介紹，我才能這麼著迷在這裡頭。」

——一股暖流在胸膛裡逐漸擴大。與看演唱會的感動不同，這是另一種柔軟溫暖的感情。

朱美這才明白。將喜愛的事物魅力與精彩傳達給某人，與某人一起共享，感覺竟如此美妙。

一個目標在朱美內心裡萌芽。雖然還不是相當明確，不過，她這麼想著。

——希望將這樣的心情傳達給更多人。

兩人到了車站，卻發現人山人海。從演唱會離開的觀眾大批大批湧入，造成車站人滿為患。售票機前也是大排長龍。

「早知道剛剛先買回程的車票就好了。」

朱美點頭同意憲子，也跟著排在隊伍的最後面。腦中全是剛剛油然而生的念頭。

——這想法並非突然間才冒出來的，她心裡如此認為。說不定這個目標在很早之前便萌生了呢？

站在自己旁邊的憲子，與她相處的每一個日常，都讓朱美的內心吹進嶄新的風。而這道風運來的新種籽，又萌發出了未知的新芽。

朱美看向憲子。憲子在這喧騰裡哼唱著歌曲。想必是演唱會的情景又在心裡甦醒了吧。她一臉滿足卻又嫌不夠的表情，欣賞完一場精彩演唱會後的反應，肯定就是這樣。

朱美本想跟她說話，卻把話吞了進去。她不忍心打擾沉浸在餘韻裡的好友——不，不是這樣的，她是沒有勇氣。

那一天。讓憲子聽音樂，進而變成摯友的那一天。雖然是朱美人生中最閃耀的一天，卻也讓她油然生出和明亮完全相反的心情。那心情從未消失，如光明背後的影子般，在朱美心中留下黑點。

——自己是否不擅與人溝通。朱美偶爾冒出這想法時，就會感到茫然不安。

自己能將目前心中的想法完整地傳達出去嗎？如果無法讓憲子理解，如果被憲子推開的話，又該怎麼辦？

人龍慢慢往前進，朱美幾次欲言又止，最後仍說不出口。

她心裡也很清楚，現在再不說，大概永遠都說不出口了。若不藉著演唱會的感動說出來，在這仍殘留興奮餘熱的地方說出來，一定再也不會說出口。然而，她卻怎麼樣都無法坦然展露內心——

「怎麼了？」

憲子突然開口探問。她的眼神彷彿帶著敬佩，又彷彿窺視著內心。

「那個，嗯——」

朱美就彷彿被引導似地說出了口。

「我啊，想試著寫些聊音樂的東西。」

後悔之情頓時排山倒海而來。寫些聊音樂的東西，自己到底在講什麼啊。文法也很怪，感覺不知道在講什麼。

「啊，是指樂評嗎？」

然而，憲子卻輕易接了朱美的話後，還能悠然地回應。甚至還將朱美表達不好的部分，直白地表達出來。

原來如此。朱美終於理解了，自己想做的事原來就是樂評啊。

「我覺得很好啊，我也想讀讀看。」

然而，還沒時間感動，憲子就輕鬆地說出嚇壞朱美的話。

「可是，就算要我這麼急著去做，也不知道該怎麼做。」

朱美感覺相當狼狽，沒想到憲子竟然會如此輕鬆地說出這種話。朱美才剛萌生了這念頭，一下子就要她付諸實行實在太過突然。

「啊！」

憲子突然驚聲尖叫，維持著打開包包的姿勢僵硬在當場。

「怎麼了？」

朱美不解地問道，憲子相當難過地說：

「鈴鐺掉了。」

這次她們也獲得周遭人士們的協助尋找鈴鐺，卻沒能順利找著。

「原來是這樣。那麼妳們就沒有再深入聊過客人妳『想做的事』囉。」

店長領會地點點頭。

「是啊，就是時機溜走了。」

那時能說的都說了，但卻無法踏出更進一步。現在想起來，或許那就是最初的「契機」。

「好了，完成了。妳檢查看看。」

店長將包包遞給朱美。

「哇！好厲害！」

朱美不禁出聲讚嘆。新換上的拉鍊與托特包完全貼合，若不說的話，應該沒人會知道有換過拉鍊。

「真謝謝你。」

朱美向店長道謝。

「唔。」

店長一副得意地點頭回應。

「那麼，妳繼續說，差不多到核心的部分了吧。」

店長這麼一說，朱美原本想要開口，但不知怎地說不出話來。欲言又止，視線游移，只好用苦笑帶過。

「——唔，是嗎？」

店長瞇起眼，從椅子上跳下來。

「也說了很久了，休息一下吧。」

說完便往店裡頭走。吧檯的角落有扇彈簧門，店長推開門入內。雖然店長剛才都會坐在吧檯上了，直接跨過分明比較方便，但看來似乎不能這麼做。

「妳稍待一下。」

店長上半身突然從吧檯對面冒了出來。似乎是站在什麼檯子上。

「讓我招待客人吃茶點吧。」

說完，店長拿出茶壺和茶杯，似乎是要泡紅茶。明明是和風式的店，泡的卻是紅茶。茶壺和茶杯都是同款花色，配色鮮豔卻得宜，品味很好。

「今天是起司蛋糕，所以配紅茶。」

店長將四方形的盒子放在吧檯上。盒子上寫著「Rikuro's老爺爺的店」。上頭也寫著「烤起司蛋糕」，並畫著戴著廚師帽，笑咪咪的老爺爺插圖。這位就是Rikuro's老爺爺吧，很有烤麵包店的設計。

「這是大阪著名糕點店的起司蛋糕。等紅茶泡好，就來切蛋糕吧。順帶一提，Rikuro's老爺爺的原型是公司的創立者，但跟實際長相不太像。」

店長熟練地煮開熱水後，溫熱茶杯再將茶葉倒入茶壺裡。泡紅茶的貓。令朱美不禁想到愛麗絲夢遊仙境。啊，可是故事裡貓和紅茶沒有直接關係啊。

「來吧，紅茶泡好了。老夫要切蛋糕，妳可以先喝。」

店長將紅茶放在小碟子上說道。撲鼻而來的香氣，騷動著朱美的鼻尖。溫暖的味道似乎能撫平毛躁的情緒。她手拿茶杯，啜飲一口。

「——呼……」

不由得呻吟。滿載深度的韻味慢慢地滲入體內。彷彿血液載著紅茶，將平靜輸送至全身一樣。朱美不是很懂紅茶，但即便毫無半點知識都能實際感受到這杯的確是絕品。

「嘿咻。」

店長從盒子裡拿出起司蛋糕。是一整個大蛋糕。黃色的蛋糕體及焦茶色的表面和一般的起司蛋糕一樣，但表面中央的部分——也就是圓形正中央的部分印有 Rikuro's 老爺爺的圖樣，底部則是點綴著些許黑色的東西，跟一般起司蛋糕不太相同。

「其實蛋糕有各種切法。商家建議用九等分切法，留下 Rikuro's 老爺爺的圖案，但老夫先用一般的切法吧。」

說完，店長用手拿著菜刀。雖說是用手拿刀，畢竟他的身體是一般貓咪身體的尺寸，用「舉刀過頭」來形容這姿勢似乎更加適當。

「嘿咻！」

店長將蛋糕切開。雖然店長的舉刀方式應該會很不好切才是，但實際上起司蛋糕已被切成漂亮的八等分。

「來，吃吧。」

店長將切好的起司蛋糕放在盤子上，擺上叉子放在茶杯旁邊。

「好，那我就不客氣了。」

朱美很快用叉子將蛋糕送進嘴裡。

「——唔！」

和紅茶時不同，這次她不禁發聲驚嘆。

雖然兩者都是溫柔的味道，方向卻不一樣。相較於能讓情緒柔和放鬆的紅茶，蛋糕則是能釋放低落的情緒。

濕潤又不黏牙，蓬鬆柔軟的口感。味道既不會太濃也不會太淡，恰到好處的甘甜。享用完豐富的滋味後，起司的後勁還會殘留於口中，留下耐人尋味的餘韻。

絕妙的好滋味還不僅如此，這款起司蛋糕用嶄新的角度加了一個重點，添加風味層次，那就是散布在蛋糕底部的黑色的東西。原來那是葡萄乾。

葡萄乾擁有明確的酸味，替起司蛋糕點綴了更加精緻的配色。笑容和藹的 **Rikuro's** 老爺爺，彷彿不只是會笑咪咪而已。

「滋味很棒吧。聽說以前這大小的蛋糕只要五百日圓時，我真是大吃一驚。最近是因為原物料的緣故而有些漲價，但的確有這價值。」

店長邊說，邊準備了自己的紅茶與蛋糕。

「唔嗯。真不愧是老夫，絕妙的風味。」

喝了口自己泡的紅茶，店長自誇說。雖然他很自滿，卻是事實。

朱美也再喝一口紅茶，感覺味道和第一口有所不同。一定是因為剛剛吃了起司蛋糕吧。甜點跟飲料會因為組合不同而產生出嶄新的滋味。

「唔，這樣的組合也很完美。」

店長用叉子吃了口蛋糕，滿意地笑了。看來朱美的感想並沒有錯誤。

「話說回來，客人。」

享用一會兒美味的起司蛋糕後，店長忽然看向朱美。

「為什麼直到現在仍會如此在意那位友人呢？」

他拋出來的是，聽起來輕鬆卻很沉重的問題。

「因為——」

原本想回答，朱美卻啞然失語。經店長這麼一提，的確是這樣。為何會這樣呢？朱美自問。是嫉妒她成功嗎？——不，不是這樣。朱美的確覺得現在的她十分耀眼，但心裡並沒有負面的感情。絲毫沒有希望她不幸，或失敗的念頭。

既然如此，是替她高興嗎？——也不是那樣。不可能不替她高興，心情怎麼都無法開朗起來。總覺得心頭悶悶的。

「關於人生有各種看法。有苦也有樂，既有用歌來頌揚，也有形容說是巧克力盒子。還有某個狸貓也曾說過『人生就像是背著重重的負擔，走長長的路[4]』。

貓咪在談論人生的大道理，但朱美卻笑不出來。

「如同這樣，即使僅僅描寫『何謂人生？』這個主題，其實也有各種表現。可見得人有多少，就有多少人生。

如此一來，即使過去是多麼親密的朋友，不也一定會就此離別，各自踏上不同的人生嗎？既然如此，為何妳無法接受呢？」

為什麼呢？店長的話深深撼動她的心。

「——也是啦，突然被這麼一問，的確不可能馬上答得出來。沒什麼，只要有個契機，

4　譯註：德川家康的遺訓。

一定能夠恍然大悟。要老夫來說的話，人生近似於項鍊。即使複雜地糾纏在一起，也會因為意外的契機就能輕易解開。不用勉強，等待時機到來即可。」

看到朱美沉默不語，店長微笑，接著說：「那麼，還要繼續說下去嗎？」

「——好。」

躊躇半晌後，朱美再度馳騁於回憶中。

「升上高三之後，」

為何會躊躇呢？因為現在要說的內容才是最重要的部分。

「發生了許多事。」

因為是最她不想提的事情。

朱美不太喜歡拘泥於歌詞。在推薦喜歡的音樂時，實在太常因為歌詞是英文這理由而吃閉門羹。只要能夠感受到音樂或旋律表現而出的情感不就好了嗎？又不是英文考試。

「這個『珍的日記』究竟代表什麼意思呢？」

但憲子卻持相反意見。

「畢竟是歌名，意義肯定最重要吧。」

她總會翻閱字典或上網搜尋，全力以赴解讀著喜歡的音樂歌詞。

——即使升上三年級，兩人也會固定去頂樓。對兩人而言，放學後在這裡打發時間已變成日常生活中的一部分。

「對了，升學考試沒問題嗎？」

「嗯，感覺還不錯。模擬考也判斷是B。」

升上高三，兩人的話題也進展成升學出路。

兩人都接受大學考，但想唸的學校卻不同。朱美依自己的分數選擇了安全牌，憲子則是因為「想上某大學某個老師的課」，而以難考的大學史學系為第一志願。

——沒錯，是史學系。憲子終於成功說服雙親。朱美也跟著一起討論過很多次，但最終說服雙親還是憲子本身對歷史的熱情。

「是喔。」

「嗯，英文成績變好了。我想都要歸功於音樂吧。真的很有趣。」

憲子不好意思地笑說。

「果然因為喜歡而享受在其中才是最重要的。正所謂懂的人不敵喜歡的人，喜歡的人不敵享受其中的人。所以說——」

憲子話說一半，手便伸進西裝外套的口袋。她拿出手機，似乎是有訊息寄來。

憲子開始回起了訊息。兩人的談話就這樣沒頭沒尾地中斷了。

「對不起，我今天要先回家了。」

打完訊息後，憲子便說著「拜拜」揮手離開頂樓。

「好吧。」

朱美沒有特別要阻止她的理由。目送憲子離開後，朱美戴上耳機。

以前她們會一直聊天直到學校關門。然而，最近憲子愈來愈常先回去，不然就是根本沒來。

她似乎有很多事要忙，但卻不知忙什麼。既然憲子沒說，朱美也沒問。雖然她並非毫不在意。

朱美深吸口氣後，從擺在旁邊的書包拿出一本筆記。那是普通的大學筆記本，封面什麼都沒寫。翻開內頁，裡頭有一些文章或潦草寫下的筆記，都是朱美的筆跡。

內容是聽完音樂後的感想。她將想法一一寫下來。目標是開一個部落格。介紹自己喜歡的歌曲讓更多人知道。

她從校服胸前口袋抽出自動鉛筆，想寫下正在聽的音樂感想。雖然整首曲子交互使用了死亡咆哮聲與一般歌聲，但旋律相當棒。大量炫技的吉他獨奏也很帥氣。似乎是主唱兼吉他手嗓子疼痛，曲子裡也收錄了如此的糾葛心情——

嘆了口氣後，她放棄書寫。完全不行。這種文章不會有人想讀的。

朱美一直像這樣寫了又放棄，寫了又放棄。是那個「影子」在扯後腿。她懷疑自己想表達的心情是否無法傳達給任何人？整個人陷入這樣的情緒，無法繼續書寫。

——不對，不是這樣的。沒問題的。憲子會聽自己說話，會一起去看演唱會，甚至表示了感謝，也說想讀朱美寫的東西。應該不致於辦不到。

朱美將筆記本收進書包中，站起來。一直悶頭煩惱也不是辦法。雖然有點早，差不多該準備「那個」了。

朱美前往的是飾品店。裝潢穩重大方的時尚飾品店。

「唔……」

朱美在店前徘徊許久。果然，她很難踏進去。若是搖滾樂相關的店，縱使氣氛有些嚇人，她也會毫不猶豫地進去，卻對這種可愛流行的商店卻步。感覺店周圍似乎張著時尚結界，彷彿只要踏進去一步，邪惡的朱美就會被淨化。

然而她怎樣都得衝進去才行，因為憲子的生日快到了。

之前兩人都是在各自生日時互請水果聖代，大吃大喝度過奢侈的一天。不需要大費周章，對生日的感覺就像是「能吃免費水果聖代的幸運日」。

不過，這次朱美決定買禮物送她。其實她並沒有特別意思，只是想送她生日禮物而已。

店門開啟，有個女人從店裡出來。那是位穿著稍長裙子的普通女性，卻有股莫名的氣勢。而女性並未特地留意朱美，迅速揚長而去。

朱美望著關上的門。她不能夠一直這樣猶豫了，若不下定決心，今年也會用水果聖代搪塞度過這一天。吃水果聖代搪塞過生日最慘了，幾乎跟吃土一樣。

朱美終於下定決心。船到橋頭自然直！於是她拉開門，走進店裡。

「歡迎光臨。」

被這麼一招呼，朱美內心立刻膽怯下來，但她仍若無其事般地板著臉。她很擅長板著臉，雖然這也不是什麼該得意的特技。

她環視店內，不是太過寬敞，小小的地方塞滿了各式各樣的飾品。店內播放的音樂是爵士樂。她完全不懂爵士樂。只知道音樂裡有著鋼琴、爵士鼓、貝斯在響而已。

店裡只有朱美和女店員。店員的編髮上別有珠珠髮飾，一看就知道是飾品店店員的時尚打扮。

不過，自己又不是來欣賞店員的。朱美轉眼看向商品架。她要找的是——鈴鐺。

——那天演唱會弄丟鈴鐺後，憲子消沉了好一陣子。雖說是有紀念價值的東西，但她應該原本就很喜歡那鈴鐺吧。

所以朱美才想在生日時送新的給她。雖然不知道能否找到憲子喜歡的鈴鐺，但收到鈴鐺總不會不開心吧。

正當她在店裡四下尋找時，朱美發現了「鈴鐺 Bell」區。那就從這裡找找類似的吧——

「呃！」

朱美驚呼。鈴鐺的種類比想像得還要豐富。大小顏色都各有不同，樣式多到憲子這輩子的生日禮物都送鈴鐺也沒問題。朱美被震懾住，到底該選哪一個呢？

煩惱半天後，朱美選了跟之前憲子掛的鈴鐺類似的小鈴鐺。打安全牌雖然不甚滿意，但要冒險的話，項目實在又太多了。

數日後。朱美將包裝好的鈴鐺放進西裝外套口袋去學校。她多次伸手進口袋裡摸摸鈴鐺，終於到了放學時間。

朱美和憲子一起前往頂樓。朱美感到莫名緊張而默默不語。憲子也沒說話，兩人便一語不發走上樓梯。

兩人到了頂樓。差不多該開口了。朱美不禁心跳加速，手再次伸進口袋。她想趕快送給憲子，看她開心的表情。

「憲子。」

朱美清了清喉嚨後開口。

「唔？怎麼了？」

老愛低著頭的憲子，抬起臉來。

「欸？啊，不是——就是，最近我寫了滿多的。」

朱美竟說了無關緊要的事。現在聊樂評的東西也無濟於事，雖然她的確寫了滿多樂評，但聊這件事並非她的目的——

「寫了？妳寫了什麼？」

憲子一副不懂她在說什麼的表情。

「咦？」

朱美僵在那裡。剛剛憲子說「寫了什麼？」嗎？

看完演唱會的歸途中，憲子立刻明白朱美想說的事情，甚至還說「我想讀讀看妳寫的東西」。自己分明是受到她的鼓勵才動手的，現在這態度是什麼意思？

朱美插入口袋裡的手觸碰到包裝好的鈴鐺。她只是想趕快送給憲子，看她開心的表情。現在情況卻似乎逐漸往莫名奇妙的方向展開。

「不，沒什麼。」

朱美想將話題拉回來。雖然心裡覺得受挫，然而現在若追究這件事，感覺會變成無法挽回的狀況。

「啊，對了。」

半是焦慮地，朱美繼續說了下去。

「已經五月了吧？那個五月——」

「對了，朱美。」

——接下來，朱美卻聽到憲子意料之外的話。

「我可以帶兩位朋友來這裡嗎？」

「朋友？兩位？」

她感到晴天霹靂，有點無法理解憲子的話。

「嗯，他們是我在圖書室找歷史書籍時認識的。」

「什麼時候的事？」

朱美雖然想露出笑容，卻不知為何失敗了。最後卻露出有點僵硬的笑容和沙啞的聲音。

「嗯，最近才剛認識的。雖然我想介紹給妳，但他們滿害羞的。」

「唔。」

憲子似乎很替那些朋友著想。

「隨妳高興。」

說出來的語氣比想像中還刺耳。奇怪？怎麼會這樣？

「我第一次認識對歷史有興趣的朋友。」

憲子似乎沒有察覺不對勁，笑著繼續說。看來她真的很開心。

——謎團終於解開了。怪不得憲子最近常不在，以及突然回家的原因。原來是這麼一回事。

「是嗎？」

比起朱美這種對歷史毫無興趣的朋友，憲子找到了更愉快的時光。

「這樣啊。」

手依舊插在口袋裡，朱美感受到內心有什麼逐漸變形。

「不好意思，我是對歷史沒興趣的朋友。」

——唉，原來是這樣啊。她完全不記得看完演唱會歸途上所發生的事了。因為還有其他更好玩的事。

「既然如此。」

朱美的嘴巴，逕自動了起來。

「既然如此的話——」

「──既然如此就隨妳高興。」

話說到此，朱美又再度語塞。連她自己也覺得這樣太幼稚了。正因為太幼稚，才無法挽回。

「唔。」

店長慢條斯理地點了幾次頭。不勉強她繼續說下去。

「我們就此吵架，再也沒說半句話就畢業了。」

自此之後的人生，朱美有了各種經歷。上大學然後畢業，離開家鄉出社會工作。經歷過幾次被告白後交往的感情，但每段戀情都不長久。

她完全放棄要把音樂分享給更多人的夢想，筆記本也再也沒有打開過就這麼丟了。雖然一開始因為習慣繼續聽音樂，但被幾個交往對象說過類似「都是大人了，還聽這種歌實在很蠢」後，她便完全不聽音樂了。

她不再去做想做的事，而是做該做的事。懂得察言觀色，留心自己的行為舉止。只要這麼做就不會再感到不安。朱美她──長成了成熟的大人。

「鈴鐺妳怎麼處理了？」

店長問道。

「已經不在了。」

那天她就直接把鈴鐺帶回家，但直到最後都沒有打開包裝。為了不再看到它，甚至塞進了房間深處。

在朱美出社會離開老家後過了好幾年，母親打掃朱美的房間時，不小心將鈴鐺和其他東西一起扔了。朱美記得當她發現鈴鐺被丟掉時，心裡還鬆了口氣。有種如釋重負的感覺。

「唔。老夫知道了。」

說完，吧檯另一邊的店長卻突然消失。

看來他不知道在到處找什麼。

「啊，有了有了！」

店長邊說，邊露出臉來。他手裡拿著一個小小的娃娃。

「這個就送妳吧。」

那是由小型串珠製作而成，有著店長模樣的娃娃。從蓬鬆的貓毛到黑色虎斑，都以串珠的感覺重現出來。頭部更接上繩子，做成了吊飾。

「哇，好可愛！」

朱美不覺驚呼出聲。朱美並不是那種會喜歡可愛東西的人，但這隻串珠店長就是有連這種人都會被吸引住的魅力。

「這就當作修理的贈品。」

店長將繩子穿過拉鍊開闔的部分（話說回來，這部位的名稱到底是什麼呢？）的前端，把娃娃綁在上頭。

綁好之後，吊飾發出清脆的鈴聲。仔細一看，娃娃的脖子上掛著鈴鐺。是個小巧可愛的鈴鐺。

「老夫還有掛上鈴鐺。不過，在貓脖子上掛鈴鐺，還真是不太讓人喜歡的說法啊。」

只見店長自嘲地說完後，便用前腳的肉球用力按在娃娃上。緊接著，娃娃便發出炫目的光芒。店長收回前腳，而鈴鐺上則出現原本沒有的肉球印記。

「這樣就完成了。」

店長滿意地點頭。感覺剛才發生了不可思議的事，然而朱美卻沒空多加理會。

——鈴鐺大聲地響起。那不只是聲音，而是昔日殘留的聲響。方才回顧的記憶，如陣陣漣漪般湧上心頭。

「小鬼，可以囉。回來吧。」

店長向門的另一邊喊道。

「呼，終於整理好了。倉庫和廚房後門附近也亮晶晶哦。」

過了一會兒，青年開門進來。

「啊，這不是Rikuro's老爺爺嗎?·好狡猾，我也好想吃！」

青年一看到起司蛋糕便鬧脾氣地說。因為剛才店長和朱美邊聊邊吃著起司蛋糕，早已被吃掉半塊了。

「雖然是招待客人的，可是——」

青年繼續抗議，卻只說到一半。他的視線落在修理完畢的托特包——更精準地說，是綁在拉鍊上的串珠店長。

「店長，這個——」

青年表情有些訝異。

「嗯，是免費贈送的，是貓（喵）庵謹製的獨創商品。」

店長對青年解釋。朱美有些糊塗了，剛剛他是說「喵庵」嗎？喵庵是什麼？喵庵、喵庵——

「啊，原來是這樣啊。」

她小聲說。喵庵，原來店名要這樣唸啊。

「怎麼了？」

青年問道。

「那個『喵庵』是店名吧？我還以為唸作『貓庵』。」

聽到朱美這麼說，青年「呵呵」調皮地笑了。

「哼！」

店長卻不悅地悶哼。

「是店長取的，但幾乎沒人會唸。店長，乾脆改名好了？像藝人他們不是改名後就頓時大紅嗎？」

「老夫跟小鬼你是師父跟徒弟的關係，才不是什麼相聲搭檔呢！」

「藝人不也跟師父一樣嗎？」

「你說什麼！」

一面看著兩人你一言我一語地，朱美一面拿起托特包，打算把東西放回去而打開拉鍊。

——鈴鈴。串珠店長胸前響起鈴鐺聲。聲音就鈴鐺的體積一樣，也非常小聲。

「話說回來。」

朱美回去後。坐在吧檯享用剩下起司蛋糕的青年，喃喃說道。

「店長，這次跟平常的情況有點不同呢。」

「嗯。」

坐在腳梯上整理吧檯的店長應和。

「老夫實在無法置之不顧。」

「這是什麼——不。」

青年話只說了一半便停下來。

「我不應該再繼續問了。那位客人，似乎也很難以啟齒。」

「——所謂的羈絆……」

店長將茶器擺入棚架裡。每個茶具並非全都一模一樣，而是形狀大小都各有不同。一看就知道不是用機器而是徒手一一打造而成。

「起初因為芝麻小事而失去了這羈絆。之後無論再後悔都無法彌補，一旦丟棄了就再也找不回來。老夫有深切的體會。」

店長停下擺茶杯的手，或該說是前腳。

「然而。只要對方還活著，說不定就有機會能解決。或許他們之間也有剪不斷的羈絆。這麼一想，老夫便不由自主……」

店長的眼神裡透露深深的惆悵。

「其實，我們自己也難以理解自己的心情。老夫已經丟出『能令她恍然大悟的問題』。只要那位小姑娘可以不僅僅是懷抱著那份心情，而是能夠接納的話，她的煩惱或許就能解決了。」

店長再度開始擺起茶器。青年盯著店長好一會兒，正想要開口卻又打消了念頭。只是微微嘆了口氣，將起司蛋糕放入口中。

朱美一如往常地過日子，沒有發生什麼特別的事。自從造訪那家店以來，都沒有發生什麼大大脫離生活常軌的事件。

在這樣的每一天中，朱美的苦惱與糾葛仍未被淡化。在每天的休息片刻間會時不時冒出來。無論是智慧型手機的液晶螢幕、夜晚電車的玻璃窗、公司大樓的自動門。若隱若現地，將朱美拖進找不出答案的深淵裡。

朱美好幾次都想找到那間貓庵，卻怎麼都找不著。即使上網搜尋也都找不到「維修專門店　貓庵」的資訊。

仔細想想，這也是理所當然的。直立走路的貓，還會端出紅茶和起司蛋糕，根本就超乎現實。

然而，那一切又不全然是白日夢。畢竟朱美的托特包換了新拉鍊，拉鍊頭的部分還掛著可愛的串珠貓吊飾——

——那一天夜裡。朱美沒走平時的上班路線，反而出現在轉運車站。這代表她這天沒回公司，直接下班。

即使是在車站，朱美的包包上扔掛著脖子上有鈴鐺的串珠店長。雖然鈴鐺在人群中常會造成困擾，但這鈴鐺尺寸很小，聲音不大所以不需要擔心。

而且，車站相當吵雜，無論是出站進站的電車、鈴聲、從頭頂上方傳下來的站內廣播，來往交錯的無數人們。所有一切都會發出聲音，合而為一演繹出車站這個場域。

朱美認為，鈴鐺在這個空間裡根本微不足道。無論發出什麼聲音，都會被吞沒。一如當時的朱美一樣，被壓倒性的現實所吞沒——

——鈴。彷彿要否定朱美的想法似地，鈴鐺發出響徹周邊的清亮聲。這是迄今最大的聲音，強而有力又清冽的音色，貫穿了四周壓迫而來的雜音。

她不由得停下腳步，檢查手上的托特包，才發現串珠店長不見了。似乎是掉了。

朱美四處找尋，似乎沒人對鈴鐺有反應。若真的發出那麼大的聲音，掉到地上時應該會聽到聲音。但沒有任何人瞥向停下腳步的朱美一眼，沒有人察覺到鈴鐺的聲響。

——不對。只有一個人的反應跟周圍的人完全不同。那人彎著腰。長長的裙子搭配白色開襟羊毛衫，長髮有著美麗的捲度，是位非常美麗動人的女性。朱美似乎在哪裡見過她。

女性從地上撿起某個東西。是串珠店長。

「那個，不好意思。」

朱美對女性說。

「咦？」

一抬起頭，女性的表情丕變。彷彿遇到什麼出乎意料的人。

「莫非，妳是朱美？」

朱美僵在那裡——自己現在又是何種表情呢？

「完全沒想到會再見面呢。」

許久不見的憲子，果然和那時候高中時的她很不一樣。

「我好感動喔。分明就是命運的安排嘛！根本就是紅線嘛！」

首先是她開朗的表現。雖然憲子原本個性也不陰沉，但應該沒有這麼活潑才對。而時尚的穿搭、摘掉眼鏡改戴隱形眼鏡，更加強了這樣的印象。

「總之先來杯生啤酒。蔥燒雞肉串、雞皮，以及軟骨都先來兩人份的——還有，加上高麗菜就完美了。朱美呢？」

再來是，駕輕就熟的態度。現在的憲子已渾然不見過去名門千金小姐的氣質。若對高中時的自己說「將來憲子會在均一價的連鎖串燒居酒屋大點特點」，也一定不被當一回事吧。

「好好吃！」

接著是，食量很大。高中時代的憲子，便當盒跟珠寶盒差不多小，每次都是小口小口又慢條斯理地吃著五顏六色的配菜；現在吃蔥燒雞肉串時卻每口都能雞肉連蔥全吃下去，雞軟骨也爽快地吃得乾乾淨淨。

「──那麼，我就繼續說囉。因為我在那節目製作了失智症特集，為此絞盡腦汁。譬如說，到了江戶時代，雖然有大量關於被認定為失智症患者的資料，但其實各有各的狀況，不能一概而論。雖不是像棄姥山那樣全帶到山裡棄養，但也不代表大家都像『古老而美好的日本』那樣敬愛照顧老人。實際上也都是受到經濟的左右，跟現今的情況很類似。」

然後是，很長舌。雖然憲子高中時代也只有一開始沉默寡言，之後也很多話，但沒像現在這麼誇張。

「所以我提議『在節目裡提及這些問題，再讓觀眾多加思考』，卻被節目的人退件說『只要講到秀吉是失智症的情報就好，觀眾根本不會對其他詳細抱有興趣』。」

當然，酒精應該也有所影響。但光靠酒精不太可能就這麼機關槍似地說個不停。

「我就是想克服『懂點皮毛就好』或『隨便都可以』的想法。畢竟歷史並非是單純給予有趣小知識的供給端而已。我自己又不是想炫耀知識才說個不停，而是為了想將失智症的知識傳播出去才說的！」

這是她的志業。她一直為了這目的，為完成這夢想而努力思考。憲子從一開始就不只是單純喜歡歷史的女孩子，而是認真看待歷史學這門高深的學問，是一名實實在在的歷史學者。

「過去能反映出現代，讓我們獲得創新的看法。我想珍惜這樣的想法。」

憲子簡直耀眼奪目。兩人只不過隔了一張桌子，卻感到她離自己很遠。

「原來是這樣啊。」

朱美附和著，視線落到了桌上。眼前擺的是隨便點的黑醋栗利口酒跟芥末章魚。連朱美都不懂為何會選擇這樣的組合。

串珠店長也待在了黑醋栗利口酒旁邊。憲子替她撿起來後，朱美還沒掛回包包上。她原本幻想著串珠店長會不會像真正的店長一樣，會行動並說話解救自己呢？看來是她想太多。畢竟串珠店長自始至終都只是串珠店長。

脖子鈴鐺上的肉球印記不知何時消失了。並不是塗料脫落，而是消失得乾乾淨淨。真不可思議——

「啊，不好意思，好像我自顧自地講個不停。」

憲子解釋道，她似乎誤會了朱美的沉默。

「不，不會。」

朱美搖頭回應。

沉默橫亙在兩人之間。很明顯地憲子是在等待朱美開口說些什麼，朱美卻一句話都沒說。

「不過，妳真的好厲害哦，當上了課長。」

憲子刻意對朱美先前提到的事表現出訝異。大概是由於朱美默不作聲，才想找話題吧。

「連我這種什麼都不懂的人，都曉得朱美公司的名號。」

她顧慮著朱美的心情如此說道。這是成熟人士才有的行為。

「沒有啦，根本不算什麼。」

朱美回應，並察覺到自內心深處湧上一股莫名的感情。那感情無法用言語形容。

對於無法純粹地讚賞憲子變成熟的自己感到厭惡。這時想起店長的話『有煩惱的人類，並不完全是被同情的一方。』唉，真受不了。真受不了自己，被貓店長說中了。

「啊，對了。」

憲子話鋒一轉。看來是發現朱美的反應不佳，才轉換話題吧。

「朱美最近聽什麼歌？」

憲子的表情充滿期待。她一定以為這個話題能帶動氣氛吧，但事實卻是大錯特錯。

「我不太聽最近的樂團的歌曲。像是 Sleeping with Sirens，或 Asking Alexandria，都已經不是最近的樂團了。可是——」

她所說的樂團名稱她全不認識。

「騷動樂團（Disturbed）今年不是出新歌嗎？我去看了他們的演唱會喔。就是幾年前來參加『Knotfest』的。」

即使提到認識的樂團她也沒什麼想法。那樂團有來日本嗎？

「唔，是吧。」

也沒認真應對，朱美目光一直盯著桌子。憲子非常開朗陽光，就跟那時候一樣，打從心底享受著音樂。

——朱美痛心地領會到。憲子和朱美有著天差地別的不同。憲子從當時的憲子成長為現在的憲子；相較之下，朱美卻捨去了當時的自己，成為現在的自己。如此截然不同的差異。

「朱美？」

憲子困惑地問道，接著露出恍然大悟的表情。

「啊，抱歉。莫非妳最近不太聽歌？」

朱美微微點頭，甚至連「嗯」的聲音都發不出來。

「是喔。」

憲子便繼續吃起烤雞肉串，看來她似乎終於無話可說了。

朱美喝了口黑醋栗利口酒。她真應該點更烈的酒，就能藉酒精之力稍微緩和氣氛。

談話一中斷，之前一直沒察覺的喧囂瞬間蜂擁而至。怒吼般的大笑聲，啤酒杯與桌子的碰撞聲。仔細留意的話也會發現，好奇的目光穿過雜亂無章的聲音縫隙間投射過來。

會有這反應也是可想而知的。兩名女性出現在這樣的居酒屋的情形並不多見，而其中一人又是極具魅力的大美女。或許有些人已發現那美女經常上電視。

——果然是兩個不同世界的人。朱美由衷體會到。憲子是張著雙翼自由翱翔空中的飛鳥，而朱美是望著天空的雜草云云。

在這瞬間，當時的感覺又湧上來。就像是寒風吹入了胸口，同時卻又一點一滴地刺著心臟。無以名狀的情緒、莫名的感情，從身體內部不停拍打著朱美。

『為何妳無法接受呢？』

店長提出的問題在腦海裡重播。仍未找到答案。而且，為何自己會這樣——

「對不起。」

憲子突然低聲冒出這一句。

「欸？」

朱美抬起臉。

「我果然還是不中用吧。」

憲子將吃完的烤雞肉串竹籤垂拿在手上，表情一看就知道不對勁。難道她這麼快就醉了嗎？

「對不起。」

不對，看來也不是醉了。憲子似乎相當沮喪。

「我仍跟那時候一樣吧。想說什麼就說什麼，讓妳感到困擾。」

憲子悠悠嘆氣。跟剛剛的開朗呈一百八十度大改變的陰影，落在她的臉上。

「朱美已經是成熟的大人了。真的，完全是個了不起的社會人士。」

憲子說的這些話，令朱美不知所措。

「為什麼？我一點也不了不起啊。雖然公司的確很有名，但工作內容超級普通，還不能對討厭的上司加倍奉還喔？」

她話中試著開了點玩笑，但憲子毫無反應。沒戳中她的笑點嗎？

「要這麼說的話，憲子才是超厲害的吧。」

無可奈何，她只好續道：

「憲子不是做著自己喜歡的工作嗎？但我只不過是很會妥協而已。」

說得極端一點，若明天朱美突然因莫名的怪病倒下去住院超過一個月，能取代朱美的人多得是。大型組織就是這樣的機制。就像是擁有複雜精密結構的機械，為以備不時之需，各個零件都能輕易地更換或修理。就跟這道理一樣。

但憲子卻不同。當然，若她不在依然有人能填補那個空洞，但卻無法完美填平。由於空洞是以她的形狀形成的空洞，除了她以外，不管是誰去填都會留下空隙。

「憲子很帥氣啊。」

老是拚命模仿朱美的憲子已經不在了。現在的她，真正活出她自己。

「我才真的是不中用。」

相較之下，朱美真的沒絲毫成長。

「現在也，一直──」

一直，囚困在這感情中。對一股勁兒往前走的憲子所湧出的這個感情。

「我，現在也一直──」

憲子看著朱美。有些柔弱，又很堅強的眼神。比起過去，這兩者的比例，後者較前者強烈。唉，她果然很了不起。

「我一直──」

自店長拋來後便一直糾結著朱美的問題，再度甦醒。

『為何妳無法接受呢？』

她咬著下唇。既然如此，直接告訴她不就得了。既然懂得說什麼人生像項鍊的話，至少會有線索吧。與其講些艱澀難懂的話讓人摸不著頭緒，還不如什麼都不說。講了之後，又置之不理。

「我──」

置之不理。朱美感覺心裡有某種東西快要解開了。對，就是被置之不理。憲子雖然就在眼前，但朱美卻像是一直在看著她身影逐漸變小的感覺。

「──啊，原來是這樣。」

忽然間。驀地，朱美恍然大悟。這股心情的真相。

「原來，我一直都很寂寞。」

全都是因為這個原因。急忙準備生日禮物也是；對於一股勁兒地往前跑的憲子感到氣憤也是。之後，慢慢與音樂拉開距離也是。全都來自於——被拋下來的孤獨感。

「原來是這麼回事。」

店長所說的『輕易就能解開的東西』。她終於明白這句話的意思了。原本以為複雜交纏的東西，其實非常單純。

她不覺苦笑。原來是這麼一回事啊。店長明明知道她的心情，卻故意提出問題來暗示她。讓朱美自己絞盡腦汁後才終於發現。

「朱美？」

憲子困惑地叫喚她。

「我很寂寞，不論是那時還是現在。」

朱美嫣然一笑，說出早該說出口的話。

「對不起，憲子。那時該道歉的人是我。」

自己也很訝異，竟然能夠侃侃而談。

「真的，很對不起。」

朱美低下頭誠心說道。

「欸？什麼？」

憲子驚慌失措。

「我還以為一定是我——」

那聲音有著濃濃的鼻音。

「一定、一定，是我被討厭了。」

聽到這句話，朱美詫異地抬起頭，發現憲子眼淚竟然撲簌簌地掉下來。

「等、等一下！」

朱美慌了起來。光是憲子突然在居酒屋大哭就讓她很傷腦筋了，更糟糕的是憲子還是個名人。說不定會有跑藝能線的記者躲在一旁偷拍，那下星期的週刊雜誌上就會出現寫有「在電視大受歡迎的學者，竟然在居酒屋嚎啕大哭！」的八卦文章。

「妳快擦擦眼淚。」

朱美連忙從包包裡拿出手帕，她不能讓憲子陷入變成醜聞人物的風險。

「嗚嗚……」

憲子收下手帕，按壓著眼角。為了抑止一發不可收拾的感情，臉朝上做了個深呼吸。

「隱形眼鏡別掉囉。哎呀，筷子碰到手肘了啦，小心衣服會沾到番茄醬。」

朱美替她顧東顧西。真拿她沒輒，好不容易解開長年的芥蒂，卻沒空沉浸在感動的氣氛裡。

「——哈、哈哈。」

這時憲子突然笑了出來。接著邊笑又抽抽嗒嗒地哭起來，最後還哭得太大力而不禁咳嗽。

「妳到底是要笑還是要哭啊？喜怒哀樂跟資源回收都要分清楚啊！」

聽她這麼一說，憲子更是捧腹大笑。順勢說出來的冷笑話，看來是奏效了。朱美自己倒覺得剛剛的加倍奉還好笑一點。

「果然很厲害，朱美真的太強了。」

會不會誇過頭了？要是這種程度的笑話就能讓她讚不絕口，看來迄今的朱美還真是個無聊透頂的人吧。

「不僅溫柔，又很會照顧人。」

還以為是要誇她會講笑話。

「妳還記得嗎？我東西不見時，妳不都會幫我找嗎？」

「只是幫一下小忙而已。」

朱美不解地歪頭。那是需要特別提及的事情嗎？

「妳不是還有幫我向面露疑問的陌生人問說『請問有看到我們掉的鈴鐺嗎？』」

「有這種事嗎？」

朱美不太記得了。當時覺得一定要找到才行，雖然記得有幫忙到處找，但她真的有做到這種地步嗎？

「當然有啊！」

憲子似乎冷靜了下來，微笑說。

「朱美果然還是那個我所崇拜的朱美。」

「別這麼說啦，又沒什麼。」

朱美故意把臉撇向一邊。即使是在高中被這麼說大概也會很不好意思。現在就更臉紅耳熱了。

「沒什麼？哪會呀？」

憲子疑惑地問。她天真傻氣的這點仍然沒變。

「就是啊，我又不像憲子那樣成功，又沒有遠大的目標。也不做自己想做的事。」

「想做就去做啊。」

憲子若無其事地說。朱美深吞口氣後把視線拉了回來。

「現在也是，想做的事就去做不就好了。去實現妳想將喜歡的東西傳達給更多人知道的目標不就好了。」

她半句話都說不出來。不會吧？她還記得？

「我沒忘記這件事。可是，那時卻沒想到這個。」

憲子看著朱美。

「我覺得那是很棒的目標，也很期待妳能實現。可是那時我卻沒有好好聽妳說話，光想著自己的事。」

她的視線很真誠，表情裡沒有一絲虛假與敷衍。

「和朱美不再見面的那時起，我也一直很後悔。因為朱美的鼓勵，我才能朝著自己的夢想前進，但我卻什麼都沒替妳做。」

是嗎？原來是這樣啊。一股暖流浸透朱美的內心。

「所以，這次換我站在身後推著朱美向前走——現在開始也不晚喔。寫寫看吧。」

啊，果然，憲子對朱美而言，仍然是最重要的——摯友。

『對了，最近我主管樣子怪怪的。』

中午午休時間，廣本菜月用手機的通訊軟體和朋友聊到這話題。

『是喔。』

朋友血沙都回了訊息。

『闇奈的主管是那個人吧？』『超優秀的人。』

『對對，就是她。』

菜月在腦中稍微整理下文字就傳送出去。

『之前午飯只在附近的蕎麥麵店吃。』『但最近會在附近的公園吃便當或三明治。』

『而且每天還帶著筆電走來走去。』

極度優秀且英姿綽約，卻又令人難以靠近的她，突然起了莫名的變化。在同事之間也成了茶餘飯後的話題。

『哦哦。』

血沙都傳了一張貓咪雙手抱胸的可愛貼圖。

『只是中午也在工作而已吧？』

『我們原本也這麼想。』『但好像不是這樣。』

雖然沒有直接看到螢幕畫面所以無法肯定，但似乎與工作無關。那位手腕高超的主管若連中午也工作的話，工作的速度肯定會大幅攀升，但又不是這麼回事。

『感覺也不是在收集情報或唸書。』『總之是個大謎團。』

『這樣啊～』

血沙都傳了可愛貓咪冒著問號的貼圖。

『啊，這麼說來。』

一看到那貼圖，菜月猛然想到一件事。

『主管最近好像在包包上掛了吊飾。』『是很可愛的貓咪娃娃。』

對，的確有這件事。主管分明是個大美女卻很樸素，最近卻突然掛了貓咪吊飾。同事們起初看到時，周圍都默默地陷入震撼。

『原來如此。』『所以是交男朋友了嗎？』『男朋友送的禮物吧？』

血沙都的話的確有道理。像她那樣的人會突然大改變，最有可能的原因就是受到新戀人的影響。

『可是，好像又不是這樣。』

菜月卻不同意她的說法。那個可愛的吊飾是串珠娃娃，不是品味一般的男性會送的東西。

況且，若有男朋友的話，午休帶著筆電去公園也說不通。若非要寫很長的文章，為何要帶筆電——

『抱歉。』

菜月的思緒被血沙都的話給打斷。

『青菜差不多要開始促銷了，我要去超市囉！』『再聊囉！』

真是充滿生活感的留言。「血沙都」的暱稱雖然霸氣，其實她是個家庭主婦。不過，菜月也是一樣，雖然是個公司職員，暱稱卻是「紫香樂闇奈」，實屬同類。上次把要傳給朋友的訊息誤傳給主管時，她還以為死定了。

『唔。』『買菜小心。』

說完這句，菜月與血沙都的聊天結束。午休還有一點時間，菜月瞄了下網路動態，便從書籤連往某個部落格。那是專門書寫金屬樂 CD 或演唱會感想的部落格。

菜月因為喜歡視覺系的音樂，在上下班的電車中時常聽歌，但不太讀這樣的部落格。因為她看不懂。

『強烈受到某某影響的吉他』『絕讚的這個那個與歌詞又這樣那樣的』『巴哈的精神怎樣怎樣的』——無論哪種類型的音樂部落格都一樣，總愛使用該種音樂的專有名詞，再與其他狂熱的樂團或音樂家比較，就結果來看，對菜月這樣的入門者來說門檻太高。

但這個部落格卻不同。盡量使用淺顯易懂的語彙，企圖向更多人傳達音樂的魅力。

那是最近剛開的部落格，說實在也有許多還在嘗試的地方，可以看出有些部分寫得很艱澀，或想寫輕鬆一點卻失敗的文章。然而，像這樣嘗試的作法，菜月還挺喜歡的。

部落格本身並不熱絡。偶爾會有暱稱為「海苔子」的人，留下冗長的留言。雖不知登入人數的多寡，但在社群媒體普及的當今時代，部落格也不流行了吧。

「好吧。」

考慮半餉，菜月決定寫下留言。因為菜月很清楚，觀看者的感想能成為書寫者的力量。

雖然現在回想起來，可說是菜月極為致命的黑歷史，其實以前她經營名為『血染的闇夢』的部落格。那是個有著黑底紅字，有點傷眼的部落格，她在上頭寫著悲痛的日記，有人留言就會心喜若狂。第一篇留言她還截圖保存了下來。

『我搜尋喜歡的音樂人所受到影響的樂團時，進而找到這裡，將會就此待下來。』

開頭這樣應該沒問題吧。雖然有點饒舌，但也只能這樣。因為菜月「喜歡的音樂人」是畫濃妝的視覺系吉他手，部落格主可能不太熟吧。

『全都是不認識的樂團，每次都讓我有新發現。』

感覺有點老套，所以菜月補寫了『對之前介紹的專輯產生了興趣，就下載購買了』。

最後是署名吧。

『姓名：紫香樂闇奈。』

危險！不小心就用了習慣用的暱稱。她四下張望，輸入正好映入眼裡的東西。

『便利貼（黃色）。』

雖然有點隨便，但應該沒關係吧。菜月送出留言。

之後菜月將手機設為休眠後放回桌上，便放鬆地靠著椅子休息。菜月的桌子就在課長旁邊，工作中不能太散漫，所以要趁現在盡量放輕鬆一點。

「我回來了。」

不一會兒，一道聲音傳入耳裡，聽來大方爽朗。她好奇地轉頭過去，沒想到聲音的主人竟是江口朱美課長。

「不會吧。」

菜月大吃一驚。課長竟然會開朗地打招呼，天要下紅雨了。

她不禁窺探周圍的反應，只見大家也都在互相窺探，交換著視線，最近則一致看向菜月這裡。她聽見大家無聲的表示，要坐最近的她去問問狀況。

雖然想拒絕，但這是不可能的。畢竟菜月是這部門職位最低的新人。

「請問課長，您怎麼了嗎？」

菜月若無其事地向課長詢問。

「沒有，沒什麼。」

課長如此回答，但她才不信。

「好，要努力工作了。」

最奇怪的是，課長笑容滿面。第一次看到這樣的她。

「啊，是。」

菜月雖感訝異，仍點頭。

真搞不懂她，太不可思議了。平時態度淡然的課長，竟彷彿變了一個人，到底遇到什麼開心事？

第五章

貓庵親授！暖呼呼的毛線圍巾

當人會覺得「一直看到同樣的東西」時，其實是「一直看到不想看的東西」。像是電視新聞或談話節目，連續劇、漫畫或小說也一樣。一旦自己沒興趣或不太喜歡的東西映入眼簾時，就會因不滿而脫口說出「都是同樣的東西。」。

想當然耳，這樣的論調在網路上也通用。當之前好玩的東西不再有趣，網路世界就成了不毛的荒野。

『＃咖啡店巡禮』『＃包包內容物』『＃今日穿搭』

本庄泉實便是透過網路上的照片理解這道理。

『＃想認識時尚的人』『＃自拍』『＃東京迪士尼海洋』

相片瘋狂修圖、炫耀日常生活，演繹出「完美的自己」。泉實的動態上每天都是這情景。

要是能跟他們一起湊熱鬧開心開心的話，的確是很好的環境。彼此互相按讚、彼此友好，就能夠延續這舒適圈的循環。然而，只要有一次沒跟上，齒輪就會全部開始逆轉。

一個接一個蜂擁而至的「完美的自己」。每個人千挑萬選上傳的一張照片，毫不間斷地在泉實的手機響起通知。

看著大量的照片，她都快弄不清楚誰是誰了。「美麗」這概念深受流行的影響，無論是妝容或打扮都大同小異。

不過，自己也跟大家差不到哪裡去，沒資格說大道理。追求流行，配合風潮，服裝和臉也一一跟著改變。心裡堅信著「只要這麼做就會被喜歡」，下場卻很淒慘。

——情緒愈來愈鬱悶。泉實將 **APP** 關掉，刷到螢幕外。不玩了，她決定不玩了。

泉實抬起頭來。意識從線上重回線下的生活，周圍的風景鮮明地染上顏色。

大學校園染上深深秋意。來來往往的學生們身上穿的，是介於厚衣與薄衣間稍厚的衣服。吹來的強風讓體感溫度比實際月曆上的月份還要來得冷。

泉實一個人坐在長凳上。泉實也已經換成長大衣搭高領毛衣，及膝裙搭褲襪的秋冬標準穿搭。只要穿成這樣，身體就不會感到寒冷。

手機在震動。似乎有電話打來，她再度看向手機螢幕，螢幕上顯示「母親」。真傷腦筋，又來了。

「喂。」

口氣有些不佳地接起電話。

『喂，我說泉實啊，最近變冷了，妳沒事吧？有沒有感冒？氣溫一變化妳就容易感冒，要記得保暖喔。』

完全在她意料之中。母親三天兩頭總是為了一點小事就聯絡她，每次都像這樣單方面地說個不停。泉實完全分不清母親究竟是真的關心她，抑或單純想找人說話才打電話來的。

「我沒事啦。」

她故意放大聲音中的不悅，母親卻未察覺。

『那個還在吧？人家送的那條圍巾。』

結果踩到泉實心中最大的地雷。

『妳之前一直圍的那個，妳有帶去吧？要記得圍圍巾喔。』

泉實全身瞬間凍結。真是的，竟在這時間點上提到這個。

「──知道啦。我要去打工先掛了。」

泉實趕在自己大爆炸之前先掛掉電話。畢竟母親是擔心自己，平時她還會稍微附和，但現在無論如何都辦不到。

她看著螢幕畫面。剛才通電話的時候，社群 APP 傳來通知：「muneyuki0507 剛剛分享了新照片。」在夏天結束之前仍是泉實男朋友的那個人，在網路上分享了新照片。

別看比較好。不對，應該要看。泉實的理性發出最大聲的警告。自己也明白聽從那警告百分之百沒有錯，但泉實每次還是會忽略那警告。如同會一直按下×，來關掉滿滿擋在畫面正中央的網路廣告。

泉實開啟 APP。顯示最新動態的照片是七男三女的團體照。

地點是某個河畔。後方是烤肉的工具。「難忘的時光！太感謝各位了！希望今後也能常常聚在一起培養感情。」內容大致是這樣。正是一張看來完美，強調「充實的現實生活」的照片。

上傳照片的年輕人，站在團體中心的邊邊位置。精緻的五官、流行的髮型與服裝。身旁是——其他的女性。

泉實嘆了口氣，將手機休眠。情緒說得好聽一點，就是壞到透頂。看到昔日自己的位置上站著其他人的畫面，不可能開心得起來。

泉實今天在家庭餐廳打工時，比平時更加埋頭於工作中。縱使是區區的打工，她也不要因為個人事情影響工作。這樣會覺得自己落敗了。

「——呼。」

結果就是一下班，泉實便累得筋疲力盡。內心背著比平時還沉重的負荷做事，會特別辛苦也是理所當然的。

「本庄小姐，妳累了嗎？」

在辦公室打卡下班時，打工領班的池田小姐問道。她是在關心泉實吧。

「不，我不累。」

「妳最近沒什麼精神呢。若有什麼事可以跟姊姊我聊聊喔。」

池田小姐溫柔笑道。那是親切大方又溫柔的人，由衷展現出的笑容。

「謝謝妳。但我真的沒事。」

泉實對池田小姐說謊，內心有點愧疚，但實在不能跟她說。

「辛苦了。」

泉實點頭打聲招呼後便走出辦公室。

不只池田小姐，泉實從沒對任何人聊過這件事。原因連自己也不清楚。明明應該也不是傷得那麼重。

打開房門，進到裡頭。起初還不習慣的單人房，住了半年以上也已經相當熟悉了。鎖上門，脫掉鞋子進到屋裡去。包包隨便往旁邊一扔，泉實便直接走到床邊趴了下去。

「——唔！」

泉實握緊拳頭，用力地捶向床鋪。正因為熟悉的空間裡只剩她一個人，才能真正展現情緒。

「我到底在做什麼啊。」

帶著煩躁的呢喃聲被枕頭吸收，沒傳到任何人耳裡。

——好冷。泉實醒過來，似乎是在不知不覺中睡著了。或許會感冒吧，她不關己事地想，迷迷糊糊地蓋上棉被。母親說得沒錯，每當氣溫變化時泉實就容易生病。尤其像現在季節轉換的時期，更是要注意。

「有沒有圍巾呢？」

泉實站起來想找看看。

她走到房間角落的彩色收納箱前。收納箱有上下兩層，裡頭都是從老家拿來的衣服。冬衣是在下層。主要是運動衫、毛衣及防寒衣物為主。高中時毫不在意穿上的衣服，現在看來卻覺得土氣。

圍巾被收在收納箱深處。淺白色的毛線圍巾。當泉實一看到這條圍巾，心中便湧起一股感慨。對她而言，這條圍巾並非普通的防寒用具，而是她的戰友。

泉實高中時代熱衷弓道。在前往冬季晨練的痛苦試煉時，這圍巾經常伴隨左右。

無論下雨、下雪或道路因輻射冷卻而凍結時，泉實都會與這條圍巾一起穿梭在上學路上。

而且這條圍巾還有另一個回憶。這條圍巾——

「咦？」

泉實忽然覺得摸起來怪怪的。圍巾背面有些地方觸感不太一樣。本來背面應該也很厚的。

「奇怪？」

她將圍巾翻過來檢查，卻被嚇了一跳。原來圍巾破洞了，雖然洞不大，卻有好幾個。根據破洞的大小與毛線這個素材，可以得到一個結果：圍巾被蟲蛀了。

「咦？」

泉實視線忽然一片模糊。到底怎麼了——正想如此自問時，她雙眼已經落下大顆大顆的淚珠。

「哎！怎麼了！」

不管怎麼拭淚，眼淚就是停不住。即使看到對方現在的生活，或是打工累得筋疲力盡時，泉實都不曾哭過，可是現在眼淚就這麼止不住地拚命冒出來。

哎呀，怎麼會這樣。和男友分手時，還以為眼淚已乾涸了。

「嗯，這就是說大型企業也以『永續的社會』為目標去著手進行。譬如說日本著名的電機廠商，讓自家公司的員工餐廳持續使用取得認證的水產品——」

隔天，泉實就這麼帶著悲傷的心情去上課。坐在大教室後方，教授那咕噥的聲音透過麥克風和擴音器放大，但她只是馬耳東風。雖是因為興趣而選了這堂課，卻難以集中精神上課。

課一結束後，泉實很快就離開學校。回家後也完全沒有該做什麼事的計劃。加上今天打工沒班，應該隨便上上網就結束一天了。

自己也不是沒想到是不是該做些什麼。她原本應該是閒不下來的人，究竟哪裡出了問題呢——

「——好痛！」

泉實的腳突然碰到什麼東西，那東西啪嗒一聲倒了下去。自己原本也差點摔倒，好在最後總算保持了平衡。

「不好意思。」

泉實很快出聲道歉，並回頭查看。

那是一塊直立式招牌。黑板造型的看板上用粉筆寫著「維修專門店　貓庵」。庵翹起來的部分被設計成貓尾巴，可愛極了。「季節轉換划得來！店長的換毛期優惠」。總的來說，設計得挺不錯的。

「您沒事吧？」

她連忙想把招牌扶起來時，有人這麼對她說。

「不好意思，擋到您的路了嗎？」

聲音的主人，是一名青年。從他身穿貓圖案的圍裙來看，應該是這間貓庵的店員吧。

「不，不會。」

泉實狼狽不堪。除了踢倒招牌還被當場抓包這件事很尷尬以外，但最令她如此手足無措的原因是，店員是個大帥哥。

微翹的髮尾，立體的五官。細長的瞳仁散發著溫柔的光芒，年齡應該跟泉實差不了多少，但不知為何看起來比泉實年長。

「您有受傷嗎？」

青年絲毫不在乎招牌，反而很擔心泉實。

「不，我真的沒事！」

泉實慌張失措，最後才終於扶起招牌。臉又紅又熱。不知是因為害羞抑或是其他的心情。

「是嗎？那太好了。」

青年溫柔地微笑說。心跳愈來愈快，泉實把眼神轉開。眼神定住的前方有一間店。茶色的門扉與櫥窗。櫥窗裡陳列著各式各樣的小物與冬季防寒用品。從大多是以貓咪圖案為主來看，這間應該就是貓庵吧。

「好棒的店喔！」

泉實說，青年露出開心的微笑。

「是啊，畢竟——」

「畢竟這是老夫的店。」傳來這聲音。

「品味極高的老夫，店當然也很有品味。」

店門開啟，從中出現的是。

「老夫正是庵主。」

出現的是用兩腳站立走路的一隻貓。泉實嚇得眼珠子差點掉下來。這也難怪，基本上應該沒有人在被兩腳步行的貓攀談後還能保持冷靜。

「換言之，剛剛這位所給的好評都要歸功於我。因為實際經營本店的不是店長，而是我。」

青年冷靜地反駁。看來被貓攀談還能保持冷靜的稀少人類，這裡就有一個。

「你說什麼！小鬼，你想要以下犯上嗎？還有，不是說了很多次，老夫不是店長，是庵主！」

被稱為店長的貓咪勃然大怒。手腳亂揮亂甩的模樣，有著跟鳥獸戲畫[5]一樣的幽默感。

「所謂『以下犯上』是下位者想要擁有扳倒上位者的權力吧？握有實權的是我，所以沒這回事。」

「別胡說八道！小鬼竟敢說自己擁有實權，真是笑破肚皮了！」

「向上野先生訂茶葉並管理的人是我啊，假設我要求改善待遇而決心罷工的話，就會發生店長想喝卻喝不到茶的窘境喔？」

「什麼！哼！」

店長露出苦瓜臉沉默不語。雖然不曉得怎麼回事，看來青年似乎說贏了店長。

「好吧，既然都說到這份上了，老夫也有自己的想法。」

雙手抱胸思考一會兒後，貓咪說。

「小鬼，這次就由你來照顧這位小姑娘。」

「什麼？」

店長抬起頭，看著一頭霧水的泉實。

「就好好讓老夫瞧瞧你是如何『維修』她的東西的。這次就不出借肉球了。」

5 譯註：「鳥獸戲畫」是從古至今在日本流傳擁有八百年以上的悠久歷史，而其運用動物擬人化的繪出手法，而被視為日本最古老的漫畫。

如此這般，也不問泉實願不願意，就由青年負責招待。

「請慢用。」

青年端茶到泉實面前。飄著溫和清香的綠茶，與和風的店內裝潢很搭。

「謝謝。」

泉實以茶杯就口喝茶。在這種陌生的地方所端出來的東西，是不是該拒絕比較好？但她完全沒有抗拒的意思，原因可不是因為對方是帥哥喔。

「——啊。」

泉實才喝一口便不覺驚呼，微微的苦澀直直衝了上來。

「合您胃口嗎？」

吧檯對面的青年笑著問。

「是，很好喝！」

感覺很像喝到了「真正的茶」。雖然並非認為充斥大街小巷的茶都是假貨，而是量產絕對無法呈現的風格味道。

「畢竟這茶本身就好。」

身後傳來店長大發厥詞批評的聲音。

泉實回頭看，發現店長獨自占了一張桌席。他直挺挺地坐在椅子上，前腳像兩隻手一樣地拿著茶杯。可說是扭曲現實的荒謬景象。泉實會不會在撞到招牌的那一瞬間，就已經轉生到異世界了呢？

「不過，貓（喵）庵的真髓可不只有茶喔。」

再一次啜飲茶時，店長說。原來唸作「喵庵」啊？這樣的唸法雖然牽強，但比起貓會說話這點，還算是能接受。

「本店的真髓嗎？這我知道，因為是維修專門店啊。」

不服輸地哼了一聲後，青年重新面向泉實。

「那麼，我可以問您一些問題嗎？」

然後怔怔地看著她。

「啊，好的。」

泉實不禁轉開視線，一邊調整瀏海。

「您是不是有東西要維修呢？」

青年問道。

「欸？什麼？」

她一頭霧水。不太曉得這問題是什麼意思。

「因為我認為來敝店的客人大部分都有什麼重要的東西要修，可說是有緣相遇吧。」

「重要的，東西——」

一要說出口，泉實腦海中便想到了那條圍巾。

「似乎是有呢。」

青年稍微探出身子。

「啊，不是。」

泉實欲言又止。那個很重要嗎？不，既然一拿出來就淚流滿面，想必就是重要吧。可是，又覺得不想一口斷定。

「別客氣，請說出來。看過實品後再判斷修不修得好，也是我們的工作。」

青年似乎誤會泉實沉默的原因，親切地表示。這令她愈來愈尷尬。畢竟不是什麼重要的東西，叫人難以啟齒。

「其實是圍巾。」

泉實終於放棄。畢竟對方如此替她著想，若不委託點東西實在也不好意思。

「圍巾嗎？是哪種質料？」

青年雙手盤胸問道。

「是毛線的。」

「毛線的啊，現在有帶著嗎？」

「在我房間裡。要去拿來嗎？」

泉實腦中開始計算從這裡回到公寓要花上多少時間。雖然距離挺遠的，但也不至於不能回去拿。

「嗯，不麻煩的話。」

「那我就去拿囉。」

說完泉實便站起來。

「請稍待一下。」

說完，青年站起來紳士地替她開店門。

「慢走。」

於是他就這麼目送著泉實離開。

總覺得趕緊回去才行，於是泉實便跑了起來。多虧社團活動的鍛鍊，她對於跑長距離很有自信。快去快回吧。

話雖這麼說，到家的路程還是很花時間。並不是因為大學生活導致身體變鈍或心肺功能衰退。現在的泉實雖不及全盛時期，但也沒那麼沒用。

問題在於鞋子。穿著有跟的靴子，比想像中跑得還要慢，還害她好幾次差點摔倒，連忙調整好姿勢才沒跌個狗吃屎。人家說穿跟鞋比較流行且身形比較好看，所以她才穿有跟的鞋子，但對於跑步只有扣分。

終於回到房間，泉實從沒收進去的抽屜拉出圍巾塞進包包裡。然後換穿帆布鞋後再飛奔出門。

效果卓越。泉實飛也似地狂奔，不一會兒便回到了貓庵。

「我拿來了！」

她打開門，進到裡頭。

「真快呢。」

青年訝異地將眼睛瞪得圓滾滾。

「小姑娘腳程挺快的嘛。」

店長的眼睛原本就圓滾滾的。

「就是這個。」

在吧檯上坐正後，泉實從包包裡拿出圍巾。

「我來看看——原來是被蟲蛀了啊。」

青年收下圍巾，眼神認真地開始檢查。

「原來是這樣。」

青年抬起頭。眼睛望向泉實，視線彷彿能看透內心一般。

「真遺憾，我無法修理這條圍巾。」

青年說。

「——啊。」

泉實糊塗了，沒想到自己竟然比想像中還要失落。為什麼會這樣呢？又不是這圍巾修好後就能修復什麼——

「可是，有件事我能完成。」

青年續道：

「就是織新的圍巾。」

「什麼？」

泉實愣了一下。混亂的狀況下再聽到莫名奇妙的話，讓她的頭腦當機了。

「一起加油吧。」

青年咧嘴露出微笑，對啞然失語的泉實說。

泉實就在一頭霧水下，隔天起開始上編織課。

「先手握兩根棒針。」

「好的。」

兩人坐在貓庵的桌席，青年在對面教她織毛線。

「然後，用毛線打一個圓圈，留下這樣的長度後穿過兩根棒針再拉緊。」

「好。」

「別只會說好嘛，小姑娘。」

會說話的貓也替他們泡茶，算是額外的服務。

「我也無能為力啊。」

泉實向店長抗議。但可能是店長的態度很驕傲，她語氣不禁變得很客氣。

「畢竟我是第一次織毛線。」

不是她自誇，泉實的雙手實在不靈巧。她家的人幾乎都這樣，她早已經接受這宿命。

「很簡單的，妳一定沒問題。」

雖然這麼說，但應該要繞成圓圈的地方她卻怎麼也做不好。若換成弓箭，無論弦再緊再重她都有辦法拉，沒想到卻拿軟綿綿的毛線毫無辦法。

「真是的，笨手笨腳也要有限度吧。像那個 Pepper 機器人，應該都可以做得比妳還要流暢了吧？」

店長把泉實的地位看得比機器人還低。因為不甘心被瞧不起，她便全力以赴織毛線，卻都只在奇怪的地方打出圓圈。

青年給泉實的是由綠色轉為深藍色的漸層毛線。觸感蓬鬆柔軟，若織成圍巾肯定很暖和吧。但現在仍只是毛線，前往圍巾之路仍充滿荊棘。

「——啊。」

由於太過拚命，泉實的手肘撞到毛線球，毛線球因此落到地上並滾了出去。

「哼！」

剛剛光說風涼話的店長以迅雷不及掩耳的速度，從方才以人類坐姿閒坐的椅子上一躍而下，改為四腳步行追著毛線球跑。

「呼呼！」

店長連續出貓拳攻擊滾來滾去的毛線球。儼然是隻貓咪無誤。

「噗。」

青年故意大笑出來，店長霎時回過神來。

「不是這樣的，不是你想的這樣，這個啊——」

店長拚命想解釋，視線卻仍盯著毛線球不放。他想必愛死了吧。

「我懂我懂，貓咪牽到哪裡都還是貓咪。」

青年呵呵地從鼻子發出笑聲。

「你說什麼！竟敢瞧不起老夫！這點小小的誘惑，老夫怎麼可能中計——」

「來來——」

店長站起來破口大罵，青年這次將自己的毛線球滾了出去。

「呃！」

店長無法抵抗地狂追著毛線球。

「卑鄙小人！無恥之徒！」

一邊無奈咒罵一邊追打著毛線球的店長，洋溢著難以形容的悲哀。

「這就叫活該。」

青年忍俊不禁地笑說，便開始將毛線球織成圍巾。

毛線複雜地纏繞在兩根交叉的棒針上，繞完後便抽出一根棒針，動作靈活，毛線也隨之逐漸變成圍巾。

「太強了。」

泉實露出讚嘆之聲。即使謙虛地形容青年手部的動作，都還能說是媲美大師級的專業。即使是什麼都不懂的泉實，也能明白他的技巧有多高超。

「因為我織習慣了。」

或許是察覺到泉實的視線，青年微笑說。

「慢慢花時間，一步一腳印去做就能進步。客人有沒有這樣的經驗呢？」

聽他一說，泉實便陷入思考。自己紮紮實實學習的經驗？

「要說起來，也不是沒有。」

「看吧，還是有嘛。」

青年興致盎然地說。

「高中三年，我都參加弓道社團。」

似乎被青年成功引導，她開始侃侃而談。

「不過社團時間幾乎都在跑步或做肌肉訓練。雖然社團的顧問老師說『弓箭拉得好的人不是用肌肉，而是用骨頭來拉』，但大部分的時間還是拿來練肌肉了。」

因為覺得袴褲與護具很帥氣而加入社團的新社員，全不到半個月就被淘汰。不過，其實泉實原本也是如此，只因她個性不認輸才咬牙撐了下去。

「即使如此，到了第三年，我也比一開始時要來得厲害多了。」

雖然並非成為社團的王牌，或在大賽獲得優異成績等有著了不起的紀錄，但認真投入一件事已是最棒的成就。

「──怎麼覺得好像在炫耀一樣。」

泉實害羞地笑著唬嚨過去，或許自己的確有點太得意忘形了。

「不會不會，挺有趣的故事呢。原來弓箭要用骨頭來拉嗎？」

青年溫柔地說。

「拉弓箭啊。沒想到最近的年輕人也拉弓箭，真佩服。」

店長也邊戳弄毛線球邊誇讚了她。

「不用這麼謙虛。」

青年真誠地盯著泉實。

「努力學習而來的技術，所費的時間，努力過的這個經驗，全都是妳的寶物。的確值得驕傲。」

「──是。」

接連三個直直正中紅心的直球，讓泉實害羞地用棒針遮住通紅的臉。被如此大力誇讚，自己究竟該作何反應啊。

「然後啊，我是不清楚到底是因為口內炎痛還是其他原因啦，但感覺超差的。我不過是個打工的，而且還沒拿到『當成出氣沙包的補助津貼』呢。」

大學上課時，泉實午餐大部分都跟朋友一起去學校餐廳吃。巔峰時間人可能會多得找不到位子，那時她們會改去校外的店家用餐，但今天人潮還沒那麼多。

「可是口內炎很痛吧，而且還會咬到。」

「我懂。有沒有藥可以塗啊？」

「藥妝店有在賣喔，好像有塗的也有貼的。」

「哦？哪種比較好啊？」

朋友們聊著可有可無的內容，泉實則心不在焉地左耳進右耳出。腦海中全是那家維修專門店的事。

由會說話的貓和帥哥所經營的，不可思議的商店。當回歸日常生活時，總會覺得那間店就像是如夢似幻的存在。但那間店確實存在於現實之中，因為她包包裡正放著織到一半的圍巾跟棒針。

自那天起，泉實幾乎每天都去貓庵。雖然一樣織不好毛線，也老是被店長瞧不起。另一方面，青年卻溫柔地守護著她，鼓勵她「一點一滴的努力會帶來成果」——

「泉實，我問妳，妳覺得哪個好？」

話鋒忽然轉到自己身上，泉實這才回到現實。

「啊，唔。身體不舒服真的很辛苦呢。」

一聽到泉實的反應，朋友們全都一起變臉。

「蛤？妳說什麼？」

「慢半拍也要有限度啊，泉實。」

語氣困惑地回應後，被她們用更困惑的語氣責備了。

「抱歉。」

沒好好聽她們說話也是事實。泉實道完歉，表情微妙地大口扒飯。

「話說回來，泉實之前有一陣子怪怪的，但最近變得更奇怪了。」

其中一名朋友說，其他人跟著點頭如搗蒜。

「真的真的。泉實一直在發呆。」

「之前是一臉嚴肅，像是對世界感到絕望一樣，現在則是意識常常飛到別的世界一樣。」

「等一下，大家不要你一言我一語地一直說我怪嘛，搞得我好像怪咖一樣。」

「事實上就很奇怪啊，連吃的午餐菜色都變了。」

被大家這麼一說，泉實看著自己雙手捧著的丼飯。松濱起司牛，據說是冠上了設計這道菜單的文學系教授的名字，熱量超過一千大卡的重量級菜色。

「泉實以前只吃像兔子飼料的青菜而已。」

「最近卻突然肉食化。」

「呃，這個嘛……」

她們是大學才交的朋友，所以不曉得泉實原本就只吃這類菜色。因為高中社團會做肌力訓練，更不能缺少能幫助肌肉成長的蛋白質能量源。

上大學後，泉實開始挑戰多吃蔬菜控制熱量的飲食生活。因為她開始注重身材了。

周遭幾乎都是同類型女生的當地高中，與大都市裡的私立大學，兩者關於美的概念根本是天差地遠。原本只在流行雜誌上看過的耀眼女孩子，竟成群地占據校園各地。一開始，泉實覺得自己好像土包子一樣。

不能再這麼下去，男朋友會被搶走的。受到如此的壓力影響，她開始注重體形，連衣服和妝容全都一一努力學習。到頭來卻是一場空——

「看吧，果然變了。」

「感覺突然變憂鬱了。」

「啊，沒有，什麼事都沒有。」

泉實連忙敷衍過去，因為她還沒跟大學的朋友說自己失戀的事。

「真的變了啦，連服裝打扮都變了。」

之前一直沒說話的友人也跟著幫腔。

「之前是一般流行的打扮，現在好像專走帥氣路線？」

泉實穿著帆布鞋、七分褲，搭配色調沉穩的外套。風格整個大改變。

——啊，若說改變的確是變了。即使和男友分手，泉實還是維持著「一般流行的打扮」，多少也有逞強的意味在。「感覺現在放棄就輸了」、「絕對要維持這樣的生活」她擁有這樣強烈的信念。

明明有這樣強烈的信念，為何現在自己卻穿著帆布鞋吃著破千卡的高熱量午飯呢？

過午時分。泉實打開貓庵的門，裡頭有隻貓熊。

「哎呀哎呀，來了個可愛的客人呢。」

一整個屁股坐在大尺寸椅子上的熊貓，看到泉實便如此誇讚。

泉實則是太過驚愕而說不出話來。最近的熊貓已經進化成不只有吃竹葉，還會說起客套話嗎？不對，不可能有這種事。進化不可能一蹴可幾的。

「他是我們店裡的供應商上野先生，平時受他很多關照。」

吧檯裡的青年，介紹熊貓的來歷。

「老夫很信賴上野先生的眼光。」

與熊貓對坐的店長則讚賞著熊貓。

只有泉實感到驚訝，基於少數服從多數的原則，決定了泉實的反應不適合現場氣氛。必須要加以調整，但她心裡還是對這一切感到一頭霧水。

「不不，您過獎了。這樣我會很不好意思啦。」

被稱為上野先生的熊貓用前腳在臉前搖了搖。貓咪與熊貓靠語言溝通。彷彿迪士尼的電影一樣，加上這裡也有王子。問題只在於泉實並非公主罷了。

「這次進貨的茶點也很棒呢。」

青年說。

「是淺草龜十的銅鑼燒！」

店長猛然跳起來，看起來挺興奮的。

「不不，您過獎了。」

上野先生又搖了搖前腳。

子。

「龜十？」

只有一個人，又只有泉實反應不同。

「是淺草老店鋪的和菓子店。銅鑼燒一天限定三千個，每天都大排長龍喔。」

上野指著桌上的茶點介紹說。那裡有個托盤，托盤上有一個個包裝起來的圓形和菓子。

「是嗎？我對淺草不熟。」

提到淺草，腦海裡反射性地就會浮現小米果，根本不曉得還有其他的著名甜品。

思及至此，泉實忽然浮現一個問題。上野先生是如何買到那個限定的銅鑼燒呢？淺草的排隊隊伍中出現熊貓的話，肯定會引發大騷動吧。

「嗯，非常好吃喔。我現在去泡茶，客人也嚐嚐吧。」

青年說，店長表情一變。

「如果給小姑娘的話，數量不就變少了嗎？」

店長皺著臉張開了嘴，露出像裂唇嗅反應[6]的表情。換句話說，就是極不願意分給泉實。

「好啦好啦，我再進貨不就得了。」

上野先生安慰他說。真是個好人，不對，是好熊貓。

6　譯註：意指翻起上唇。裂唇嗅為上唇翻起之特殊行為，可見於有蹄類動物、貓科動物及其他哺乳類動物。

「真沒辦法——來吧，小姑娘快吃吧。」

店長將靠牆壁的椅子空出來。

「謝謝。」

泉實微微點頭致意。雖然她心裡還是很在意剛才店長的表情，但既然願意分給她，自己也沒有不道謝的理由。

「那我就嚐嚐看。」

一坐入椅中，泉實手很快地伸向銅鑼燒。

「唔。」

她出現跟店長一樣的讚嘆聲。光拿著就知道，這個銅鑼燒——非泛泛之輩。

「很紮實吧。」

外觀已經夠大，而且又重又很紮實，這樣的觸感令人很期待裡頭的內餡會有多飽滿。

「對吧，嚇了一大跳呢。」

青年端茶走過來。和第一次端出來的茶一樣，是綠茶。

「謝謝。」

泉實道謝，青年還以微笑。泉實低下頭，感覺自己的步調亂成一團。這感覺是怎麼回事啊？

——別想了，現在先專心吃這個和菓子吧。轉個念頭，泉實打開袋子拿出銅鑼燒。

果然很紮實，也很厚重，甚至感受到驚人的氣勢。事實上價格也不斐——不行，現在不能想價錢的事。既然是人家請的，就該抱著感謝之情來享用。泉實大口咬下銅鑼燒。

「——！」

感受到巨大的衝擊。這餅皮怎麼會這麼好吃。這綿密彈性又具躍動感的口感，彷彿具生命力一樣。難怪餅皮的日文會寫作「生地」，正是活生生的地面。泉實剛剛終於親身明白了這道理。

「——!!」

第二波的衝擊。紅豆從大口咬下去的餅皮爆漿出來。宛如溫泉，又像油田一樣，芳香甘醇的甜美直接從中噴了出來。

泉實不禁感到戰慄。原以為淺草那個地方除小米果外，就是拍巨大燈籠的外國觀光客。沒想到竟然有這麼恐怖的武器——

——一回神，泉實發現自己已吃完銅鑼燒。真蠢！怎麼會這樣。難道這個銅鑼燒有將陷入這股美味之中的人送入時光旅行的能力嗎？

「別急別急，吃太快會噎到喔。」

青年勸她喝茶。

「啊，謝謝。」

道謝後，泉實啜著茶。

「——唔！」

衝至喉頭的苦味，將受到銅鑼燒衝擊的泉實拉回現實。苦甜兩極的味道，如同平衡的天秤般誕生出美麗動人的均衡。似乎是考量到這樣的搭配，青年才端出茶來的。

「也有白豆沙餡的喔。」

青年要她試試別的口味。

「我要吃！」

她沒有拒絕的理由。泉實很快地打開包裝袋。

白豆沙餡的銅鑼燒，外觀和觸感也和紅豆沙餡完全相同。但咬了一口就知道——完全是不同風情。

跟爆漿噴出的紅豆沙餡不同，白豆沙的風味低調，這樣反而更能品味到餅皮的魅力。低調卻不淡白。如同白色給人的印象一般，柔和的甜味，緩慢沉穩地浸透口腔。最大的不同應該在於比例吧。白豆沙餡比例的分配和紅豆沙餡不一樣，更能凸顯出銅鑼燒本身的魅力。

泉實深深領悟到銅鑼燒這個和菓子的深層奧祕。自然界中黃金比例的數字只有一個。但在銅鑼燒身上的黃金比例似乎可以是複數的。換言之，銅鑼燒或許是超自然的存在。超越自然的偉大東西，或許就是指銅鑼燒吧。

「還有很多，不要客氣盡量吃。」

青年將整盤銅鑼燒推了過來。這無非是惡魔的呢喃。白天就大快朵頤，尤其還是吃銅鑼燒。依照自然法則來看，單純是卡路里攝取過量。

「好！」

然而，銅鑼燒是超越自然的存在。換言之，即使吃太多也不會攝取過多熱量。得到這樣的結論後，泉實放心地享用銅鑼燒。

「對了，小姑娘。圍巾織得怎麼樣了？」

店長向飽嚐完銅鑼燒的泉實問道。

「欸？啊，是的。我回家時也持續在織。」

泉實從書包拿出織到一半的圍巾。起初看來只是毛線捲在棒針上的模樣，現在的程度則是到自稱在織毛線也不會被吐槽了。

「唔。」

坐在椅子上的店長，觀察著圍巾。

「雖然品質還不賴，但也花太多時間了吧。等織好冬天都結束了。」

受到這樣的評價，讓泉實很不高興。明明只不過是隻會貓拳和抓人這點小伎倆的貓咪而已，講話卻這麼狂妄。

「小姑娘。妳剛剛在想老夫不過是隻貓咪吧？」

店長睨著泉實責問。

「好吧，就讓妳瞧瞧老夫出神入化的本事。」

於是乎，店長伸出前腳。現在是貓咪要織毛線嗎？泉實內心冷笑著，一邊把棒針交給他。真令人火大，橫看豎看貓咪的前腳都不可能織毛線。有場好戲看了。

「像這樣，這樣，然後是這樣。」

店長開始動起棒針。竟然以泉實十倍以上的高速織著圍巾。

「不會吧。」

泉實啞口無言。何止是有好戲看，簡直太精彩了。多麼驚人的速度。太誇張了——不對，搞不好不是貓咪動作快，而是泉實太慢了？因為自己的手實在太過笨拙，說不定織圍巾的速度也只有一般貓咪的十分之一吧？

「不過，妳也不用太震驚。」

泉實因太過震驚而開始胡思亂想，青年安慰她。

「因為店長是怪物。光是貓咪會說話這一點就已經不合理了，所以手藝技能高超也是不合理的。」

「小鬼！竟敢說師父的技能是超自然現象，成何體統！」

「至少不尋常吧？——您還好吧，客人。」

不理會店長的抗議，青年蹲在桌邊問道。那是居酒屋店員接受客人點餐時常出現的姿勢。

「速度人各有異，時間分配也人各有異。既然要做的是自己的東西，就不要去在意其他人的做法。啊，店長不是人，是貓。」

青年仰頭看泉實，咧嘴一笑說。

「當然基本功是不可或缺的，所以要紮實地去做才行。無論是做法或方式都不用拘泥於形式，對吧？」

聽到這句話，泉實竟然感到內心平靜了下來。暖意穿過好幾層的心牆，浸透到很深很深的部分。

「妳只要做妳自己就好。」

——忽然間。淚水滑過泉實臉頰。

「咦？」

頓時感到困惑。自己究竟怎麼了？

「奇怪？我是怎麼了？」

大顆大顆的淚珠，潰堤般地流下來。

「抱歉，我說了什麼讓妳難過的事嗎？」

青年驚慌失措地站起來。難怪他會這樣。泉實莫名其妙地就突然哭出來，就算是他也會不知所措吧。

「妳沒事吧？」

上野先生擔心地問道。

「那個，店長——」

青年向店長求救。

「啊，對了，上野先生。」

店長前腳的雙肉球一拍。

「吃了很多銅鑼燒，來玩相撲消化一下吧。」

再不自量力也要有自知之明，泉實邊哭邊想著。熊貓與貓咪相撲的話，體重差距太大，根本比不了輸贏。

「欸？相撲？」

但上野先生明顯露出困擾的表情。

「可是店長站起來的位置很低，這樣交手的話很棘手呢。」

那位置的確很低，原來問題在這裡啊。

「總之我們先走吧，來吧來吧。」

店長推著上野先生的屁股走出店。想當然耳，店裡只剩青年和泉實兩人。

「總之，先用這個擦眼淚吧。」

青年拿出手帕。手帕上繡著可愛的貓咪刺繡，精緻到令她猶豫該不該用，但既然對方說要借她也不好拒絕。泉實感恩地收下手帕，擦拭淚水。手帕散發一股柔和的清香。

「請稍等。」

說完，青年便離開桌椅席進到吧檯中。耐心等了一會兒後，青年端著冒著蒸氣的杯子過來。

「這是香草茶，能讓妳情緒平靜下來喔。」

「非常謝謝你。」

杯子散發出與手帕不一樣的香味，非常溫暖的芳香。香草茶，名字雖常聽卻不曾喝過。

泉實手拿著杯子，輕輕靠在嘴上。香草茶這名字，會讓她聯想到更能讓體力恢復的藥草味，但這杯茶卻不是這樣。散發出相當溫和凝練的味道。

「情緒混亂時就喝香草茶，這好像已是不成文的規定，但真的挺有效的喔。」

青年邊說，邊將泉實對面的上野先生專用椅，改換成其他桌子的椅子。

「既然是不成文的規定，果然有一定的效用吧。畢竟所謂的規定，是由信賴關係所成立的。」

青年坐入剛才拿來的椅子上，和泉實面對面。

「說到煩惱的不成文規定，就是要跟誰聊一聊自己的心事吧。不介意的話可以跟我聊聊嗎？」

她無法馬上點頭說好。畢竟她連自己的心都還沒有整理，也還沒跟任何人說過。全部都埋藏在心裡。

「——這個，其實。」

最後，泉實決定說出來。為什麼會想說呢？她心裡覺得，對青年不用有任何的隱瞞。

「該怎麼說呢？上大學之後，我一直都在勉強自己。」

她不敢說自己上大學就變漂亮了，但感覺有些類似。不僅外表改變，生活習慣也改變，舉手投足都跟以前不一樣，簡直變了一個人。

「因為想留住那時的交往對象。」

青年什麼都沒說，只是默默點頭。

泉實是在高一的時候與宗之相遇。兩人之前都不同班，所以沒留意到他，是因為某個契機兩人才拉近關係。

那並不是什麼浪漫的邂逅，反而是很愚蠢的情況。泉實在打掃時間走在走廊上，而宗之和朋友在用掃把打打鬧鬧不小心打到自己。

「你們在幹嘛啦！」

泉實真的發怒了。畢竟走在路上被掃把打到誰都不會開心。

「抱歉抱歉。」

然而宗之完全沒有反省之意，第一印象簡直差勁透頂。

自從這次之後，宗之有事沒事就會找泉實說話，一開始泉實覺得很煩，但宗之的爽朗天真打開了她的心扉。

宗之是籃球社的正式成員。體育課或社團活動時間中，他高大挺拔的身影馳騁於球場上，讓泉實逐漸在意起這個人。身邊的男性只有父親跟年齡相差不少的哥哥而已，所以對泉實而言或許是第一次的經驗。

「其實我也不是討厭男生吧。」

泉實不禁苦笑說。現在想來，自己真是太慢熟了。

「妳和令尊或令兄的關係怎麼樣？處得不好嗎？」

青年擔心地問道。

「不，不是這樣的。父親他算是比較憨厚遲鈍的人吧。」

父親總是沉默寡言，但一講話又惜字如金，讓人搞不懂他究竟想說什麼。要是我無法理解他說什麼時，他就會自己在那邊鬧脾氣。他要是晚個三十年出生，就會被笑說是有溝通障礙的人，可是並不會討厭他。無論怎麼說，他算是很溫柔的父親。

「令兄又是怎樣呢？」

另一方面，一想到哥哥內心就很複雜。

「算是做妹妹的常有的心結吧，就像是『父母都只重視哥哥！』這樣。」

雙親一直都重男輕女，至少泉實是這麼想的。泉實即使在學校（大部分是體育類）獲得好成績，也沒好好被誇讚過。相較之下，哥哥不管做什麼父母都會多加注意。尤其母親甚至會拿她跟哥哥比較。如今對母親會如此冷淡，或許是因為這原因吧。

「原來有這層原因啊。」青年露出傷腦筋的表情。

慘了，竟然連不用說的部分都說出口了。這世上做妹妹的應該多少都能自己找到平衡點，泉實卻一直到現在都沒解開這心結。或許是這部分表露出來了。

「請繼續說下去。」

泉實回歸正題。雖然對於剛剛的事覺得不好意思，但也沒辦法了。

「喂，我喜歡妳，跟我交往吧。」

──某天，宗之忽然大剌剌地跟泉實告白。地點是在放學途中的坡道上。時至初秋，偏紅的落葉翩翩落下。

「唔。」

她記得那時心裡即使擔心若有人經過會很丟臉，但仍回答OK。畢竟被他告白，泉實還是很開心。

交往之後，彼此會替對方的比賽加油，沒有社團活動的日子就約會。雖然老家不是什麼大城市，能約會的地方只有郊外的購物中心，但泉實光是這樣就很開心了。

雖然看來宗之很隨性，但對泉實卻很體貼。由於泉實每天早晨都要忍耐著寒冷去學校晨練，宗之還買了防寒用具送她。

「這個給妳吧。」

宗之一樣選擇在放學歸途時將禮物交給她。購物中心提供的禮物包裝，對當時的他而言，想必已經是費盡心思的裝飾了。

兩人坐在附近公車站的長椅上，打開包裝。裡頭是，那個是——

「原來是這樣。」

青年領會地點頭說。

「就是這條圍巾嗎？」

他手裡拿著被蟲蛀得遍體鱗傷的圍巾。自那天以來，這條圍巾一直寄放在貓庵。話聊到一半，青年從吧檯將圍巾拿了出來。

「是的。」

泉實盯著圍巾。一幕幕的回憶湧上心頭，晃了一下又消失無蹤。

「冬天時，妳每天都會圍這條圍巾吧？」

甚至連五感都隨之甦醒。圍巾的暖和感，以及上學路上風的味道。

「我真的每天都會圍。」

接著是——宗之的聲音。

兩人接受同間大學不同科系的入學考。雖然宗之是個會用掃帚跟人打架的籃球社社員，成績卻很好；相較之下，對於連腦袋都是肌肉的泉實來說，考試就是場嚴峻的苦戰，幸好最後總算順利考上，於是兩人一起離開家鄉，過著住宿的生活。

泉實第一步是開始打工。之前高中校規的緣故，所以不得打工。

另一方面，宗之則進入學校籃球社。現在想來，這就是扣錯的第一顆鈕扣。

宗之加入的社團，並非是使勁全力埋頭打球，而是以籃球之名行吃喝玩樂之實的一群人。宗之社群網路上的照片很快就被「充實的校園生活」侵蝕，甚至不見籃球蹤影。

宗之的外表也逐漸像是換了一個人，同時他身旁也紛紛出現幾個女孩子的身影。那些女孩子隸屬與籃球社進行交流的其他大學的社團。

「別擔心啦，泉實最正了。其他女生跟泉實完全不能比。」

宗之常常這麼對她說。他講話比在家鄉時還油嘴滑舌，但僅僅滑過她的心扉，半句也沒留下來。

既然如此，自己也變得可愛就萬無一失了。泉實終於想到這辦法。只要自己不是鄉下的土包子，他的目光就不會移到其他人身上吧。

流行服飾、髮妝、減肥，泉實用盡了所有嘗試。即使在這種情況下，她也不願認輸。

原本她決定打工上軌道後，要將放在老家的弓具拿過來，再次練弓道。然而，現在不是想這個的時候。弓道雖然帥氣，但稱不上可愛。

拋棄弓道所做的「努力」有了效果。宗之每每都會誇讚她的成果，讓她稍微安心下來——到頭來，一切只是表面而已。

幾個月前，時間正值初夏。泉實在打工回家的路上，因為突然想見宗之而繞去了他住的地方。但她在公寓附近所見到的是，宗之與經常出現在宗之社群網路照片中的嬌小女生，幾乎是黏在一起走路的模樣。

「沒有啦，聚餐完我們正好同路，就順路送她而已。」

面對出聲呼喚的泉實，宗之則是態度大方地回答。那女生也蠻不在乎地和泉實打過招呼後便直接回去了。

泉實覺得有幾點矛盾。他們兩人的距離太近，說是順道送她卻在碰到泉實後就立刻個別行動，也太奇怪了。況且，泉實甚至不曉得宗之今天有聚餐。然而，宗之卻不斷地說話矇混。

「妳信任我吧？」

最後宗之拋下這句，泉實只能點頭。因為她很愛宗之。沒有比相信曾背叛過自己的人，要來得更傻的行為了。在那之後，宗之開始說些一眼就能看穿的謊言。即使泉實指出不合理的地方，只要他說「那時妳不是說信任我嗎？」就無法再爭下去。泉實的心不斷地被踐踏到極限。

八月初的時候。泉實終於傳了分手的訊息給他。

『我們分手吧。』

雖然她也不想用通訊軟體分手，但只有這個方法了。最近宗之老說「我很忙」，連電話也不接。

宗之則回傳「戀愛真難。如同拼圖一樣，只要有一塊拼錯就全亂了調。」這種虛無飄渺的詩句，讓泉實更是徹底傷透了心。因為她知道，直到最後的最後，宗之仍想敷衍泉實。

泉實那一陣子就如同行屍走肉般的空殼。即使母親催她盂蘭盆節要回家，她也沒心思回去。加上也沒有安排打工，盂蘭盆節假日時她便一直躺著滑手機。手機裡的宗之是慶祝著快樂的暑假。那女生也在旁邊——

「——原以為已經忘記了，但有意無意間，我還是很在意——」

本以為又會哭，但說完之後竟沒想像中的激動。怎麼會這樣？

「原來有這段故事啊。」

青年輕輕點頭。雖然什麼話都沒說，卻知道他很專心地聆聽，這令泉實很開心。

不知過了多少時間。泉實下意識地拿起了棒針。剛才店長展露神速的技藝後，就這樣擺在桌上離開了。

就像是受到號召一般——實際上當然沒那麼誇張。泉實只是自然而然想繼續織下去。

泉實動著棒針，織出一針針的針目。心情也逐漸平靜下來，應該是重複著單純的動作，讓情緒也變得單純吧。

每織出一個針目，就彷彿有某個東西跟著離開。也覺得似乎有某樣東西從一排排的針目中浮現出來——

「——咦！」

回過神來的泉實不禁訝異，自己編織的速度竟然比之前快許多。

「狀況不錯喔。」

青年稱讚說。

「因為集中精神的關係吧。」

聽他這麼一說，泉實才發現夕陽已從外頭照射了進來。雖然這個季節的日落時間也較早，但她仍感到不可置信。明明感覺只過了一下子。

「人與人之間發生的事，實在不容旁人置喙。」

青年低聲慢慢開口。

「然而，我是這樣想的——」

「哎呀！流了滿身大汗呢！」

正當青年的話正要直觸核心時，大門啪一聲地開啟。

「五十二勝五十敗啊，今兒個是老夫贏了。」

「我對第七十回有異議，貓咪竟然使出假動作，真是太詐了！」

店長和上野先生進來。從兩人話中得知似乎一直在玩相撲。

「喂，小姑娘。進度很快嘛。」

店長看向泉實手上的圍巾。

「讓老夫來瞧瞧。」

接著他就跳上桌子，眼睛貼著針目看。店長究竟在看什麼啊？

「唔唔，原來如此。」

仔細觀察圍巾後，店長心領神會地點點頭。到底是什麼東西原來如此啊？

「對了，小姑娘。時間很晚了，妳沒其他要事要辦嗎？」

店長將圍巾放到桌上後問道。要事？這麼說來好像有——

「——啊！」

發出悲鳴般的尖叫。要打工。她這才想到今天有班！

她拿起放在桌上的手機確認時間。呃，迫在眉睫了。

「那個，不好意思。我要去打工了。」

泉實將手機和圍巾扔進書包裡後站起來。

「今天真的非常謝謝你。」

奔出店前跟青年道謝。

「不會不會，不用客氣。」

青年溫柔地笑著說。

「小姑娘，問妳一個問題。」

店長忽然開口說。

「若今天織的圍巾完成，原本那條妳要作何處理？」

店長的視線注視著的是被疊放在桌角的那條圍巾。

「這個嘛……」

──她只猶豫了半晌。

「交給你們處理。」

「是嗎？」

店長沒深入追問下去。

「那我先告辭了。」

泉實再度低下頭便走向店門口。

──為什麼會這樣回答呢？連自己也不明白。但回神過來發現已脫口而出。

她沒有不甘心，反而有種輕鬆感。好久沒有這種心情了。就是所謂的神清氣爽。感覺肩頭的負擔全都放下來了。

泉實將包包掛上肩，抬腳跑了起來。腳下穿的是帆步鞋，一步一步踢著地面的感觸，讓她覺得好踏實。彷彿遺忘的事物又再度甦醒——

太陽完全沒入地平面，上野先生也回去了。貓庵開始收店。關上櫥窗的照明，也在門扉掛上「準備中」的牌子。青年俐落地打掃店內，店長則在吧檯上悠閒理毛。

「小鬼。」

店長忽然開口叫喚青年。

「不能輕易告訴對方答案。」

「呃……」

原本在擦桌子的青年，停下手邊動作臉色僵硬。

「第一次你建議她『妳只要做妳自己就好』時，老夫已經放過你了，但不准有下次。」

店長停下理毛的動作，對青年如是說。

「——啊，您偷聽我們談話嗎？貓咪固然耳力好，但這樣是不對的。」

青年抗議的眼神看向吧檯。

「別說得那麼難聽，老夫只是恰巧聽到而已。」

店長毫無半點歉意。

「因為，她就只差一步不是嗎？」

青年坐在四人桌的椅子上。

「自從來貓庵之後，那孩子不是變了嗎？雖然本人似乎沒發現。她褪下勉強自己的打扮，開始找回原本的樣貌。不管是服裝或食量大的這部分，也是她原有的個性吧。只要推一把，她就能往前走了。」

青年滔滔不絕。那是有客人在時不曾見過，全力辯駁的模樣。

「唔。」

店長輕輕頷首。

「說的沒錯，那個小姑娘幾乎明白小鬼你要她織圍巾的理由了。」

「對吧，既然如此——」

「答案要自己去找。」

「人生這項考試若『作弊』的話，總有一天報應會再度回到自己身上。最後會變成只要沒人教導就什麼都辦不到的人類。」

「——那就……」

青年低下頭。

「別擔心，看了針目就會明白。」

店長對沮喪的青年柔聲說：

「針目能看出人品。那個小姑娘織的針目，非常紮實有力。她雖然會暫時停駐，卻不會就此倒下。」

「是這樣嗎？」

青年抬起頭。憂心忡忡的表情。

「嗯。」

店長再度點頭。

「所以我們能做的到此為止。貓庵幫的忙，已經夠了。」

「──我懂了。」

思考半晌，青年站起來，開始掃除的工作。

「店長。」

一邊打掃，青年邊說。

「謝謝你把那孩子的事交給我處理。」

「呵呵。」

店長嘴角稍緩，在吧檯上捲成一團。

仔細想想，自從一個人生活就不曾回過故鄉。泉實步行在久違的故鄉街道上思考著。

這裡並非偏僻的鄉下，只是沒汽車會比較不方便而已。然而，去過大都市後再回來，難免會感到有所差異。像是建築物的高度、路人的平均年齡、個人商店的存在感，就是這麼一點一滴慢慢累積起來的吧。

冷風吹拂。那是道從萬里無雲的天空直接吹來，有如幅射冷卻現象的寵兒一般的刺人冬風。但泉實已經不再覺得冷了。因為她圍著溫暖的圍巾。顏色是由綠轉藍的漸層色。是她自己織的圍巾。

——自從那天述說失戀之苦以來。泉實便再也找不到貓庵，之前分明常常拜訪，現在卻遍尋不著了。

貓庵消失不見了。只留下織到一半的圍巾，宛如夢幻般。

那天起，泉實就和圍巾奮戰，終於順利完成了。最後一個步驟是「收針」，她上網找「新手也能上手！」之類的影片，卻因為看不懂掙扎了許久，最後才勉勉強強完成。

當泉實圍上織好的圍巾時，才終於明白青年為何要她自己織圍巾。

青年看到前來維修圍巾的泉實，發現寄生在泉實內心裡的執著。織毛線、織新的圍巾的行動，是他給泉實的訊息，也是要她踏出全新一步的建議。

貓庵的確是維修專門店，修好了泉實內心的方向——

平凡無奇的獨棟獨戶，正是泉實的老家。她曉得玄關門總是沒上鎖，就直接開門進去。

「我回來了。」

知會一聲後，泉實就隨意脫掉帆布鞋踏入家裡。

「好好好，歡迎回家，我說妳啊——」

母親小跑步地出來迎接她，但一見到泉實卻瞪大了雙眼。

「老爸！」

當然，在母親眼中泉實並非自己的丈夫，而是女兒。換言之，她叫喚的並不是剛回來的泉實，而是在客廳悠閒放鬆的泉實父親。

「怎麼了啊？」

過一會兒，父親才慢吞吞的出現。

「哦！」

父親也一見到女兒便嚇了一跳。

「你們幹嘛這樣啊。」

無論是父親或母親，他們的這種反應不是因為許久沒見的女兒變得成熟優雅，而是遇到難以想像的狀況。

「等一下。啊，不用在這裡等沒關係，妳去暖桌裡等。」

母親啪嗒啪嗒地跑進家裡。

「啊！」

父親也追在母親身後。

「真是的，怎麼回事嘛。」

被單獨留下來的泉實不悅地板著臉。她希望父母能用更普通的方式迎接她。

「真受不了。」

嘴巴雖抱怨，也不能一直站在玄關，於是她走向客廳。

客廳是和室，有暖桌、電視、和五斗櫃。一如往常的老家。

她看向正在播綜藝節目的電視。時間正值年底，節目正在回顧今年一整年發生的事情。仔細一想，今年年初她仍是高中生，感覺真難以置信。

既然都回來了，就先替佛壇上香吧。才剛這麼想，母親又三步併兩步地跑了回來。

「果然是這樣，果然是這樣！」

慌張回來客廳的母親這麼說道，手裡還拿著某個盒子。她不記得有見過這盒子。

「什麼東西果然是這樣？」

「泉實，妳沒看過這個吧？」

後來出現的父親，拿出盒子裡的東西。

「這個，是——」

泉實倒吸口氣。父親拿出來的是織到一半的圍巾。顏色是從綠轉藍的漸層。和泉實織的圍巾一模一樣。

「該不會——」

雙親既然如此保管這圍巾，她想到一個可能——

「嗯嗯。」

母親點頭。

「是哥哥最後在做的東西，——為了泉實妳。」

泉實錯愕地看向佛壇。那裡擺著一張少年的照片。纖細的微笑，瘦弱的少年。

泉實愣然地坐在佛壇前。盯著少年的相片。兩人的身影重疊。唉，為什麼沒發現呢。這照片的少年若長大成人的話，一定——

——泉實的哥哥出生以來便患有重病。他短短十五年的人生，幾乎有一半時間都在病床上度過。

雙親之所以老是護著哥哥，老是誇讚哥哥也是因為這原因。雖然腦袋明明能理解這件事，內心卻無法接受。泉實也很希望能像哥哥一樣受到呵護，受誇讚。

仔細一想，就是在那時養成自己不服輸的個性。既然不被對方看在眼裡，就更不可能認輸。泉實老是這麼告誡自己，不知何時成為她的信念。

「泉實很棒呢。」

哥哥老對來看病的泉實這麼說。

「我就只能做這種東西。」

哥哥老是在做手作的東西。摺紙、黏土。哥哥的病房全是他親手做的東西。父親和親戚們大多手都不靈巧，只有他是少數的例外。

對凡是用漿糊手就會黏黏的，用剪刀就會把紙剪歪的泉實來看，聽到哥哥的稱讚只感到莫名的諷刺。反正到頭來還是贏不了哥哥吧——甚至隱約覺得有這樣的含意。就算她在工藝課努力參與，結果卻無法克服手拙的致命傷。對泉實而言，那是即使努力也無法克服的痛苦回憶之一。

「原來也有如此不可思議的事呢。」

泉實一家人圍著暖桌。空氣裡飄蕩著微微的線香味道。

「那孩子看到妳冬天穿著薄衣來探病後，就一直很在意。」

母親一邊剝著橘子一邊說。皮剝得亂七八糟，簡直是最笨拙的剝皮法。不過自己也沒資格批評，畢竟泉實也是用同樣的方法剝橘子皮。

「好像的確有這件事。」

雖然模糊，但泉實隱約有這個印象。

泉實上的小學基於「小孩是風的孩子」這觀念，過度鼓勵學生在冬天穿薄衣。個性不服輸的泉實老實遵守這樣的方針，即使寒冬也不太穿外套到處跑來跑去。現在想來，或許是為了凸顯自己和哥哥不一樣身體很健壯，但哥哥卻擔心她衣服穿太少。

「他說『我很擔心泉實這樣會感冒』。我就回說『笨蛋不會感冒，別擔心』，但那孩子似乎不聽。」

「這樣說太過分了吧。」

泉實抗議說。即使是很久以前的事，有些話也有該說和不該說的分別。

「開玩笑的啦，開玩笑。」

母親笑著說。那聲音，那笑容，泉實心知肚明。再怎麼說，母親都是很疼愛泉實的。

哥哥在世時之所以會只顧著哥哥，是因為光那樣就很辛苦，並不是故意對泉實冷淡的。

她想起母親經常打電話來。即使泉實的回應都很衝，母親仍不放棄依然頻頻打來。這意義，這原因。

「他拚命地織圍巾，但身體狀況卻惡化，到最後都——」

忽然間，母親露出沉痛的表情，沉默不語。

「我勸他『太勉強的話身體會受不了，別織了。』但他卻不聽。」

看著電視的父親補充說。

——哥哥是在年初去世的，也就是那時候的事吧。

泉實內心滿滿感動。哥哥一直很關心愛吃醋的泉實。連離開人世的那一天，也沒改變。

——不，不對。不是離開人世為止，哥哥一定。

「這是妳自己織的嗎？」

父親瞄了下泉實的圍巾說。

「是啊。」

泉實不好意思地笑了，並看向佛壇的方向。

「人家教我的。」

沒錯，教她非常重要的事。

「對了，媽，我的弓具和弓道服呢？」

視線從佛壇轉回來，泉實問母親。

「放在妳的房間裡吧？」

母親一臉訝異地回道。

「好！」

泉實離開暖桌。雖然不捨得離開這暖意，但現在有想做的事。

泉實房間的模樣跟搬出去前大致一樣。只不過，增加了一些不知道是什麼的紙箱，這倒是令她很介意。這是危險的徵兆。過了兩三年後，紙箱要是繁殖了，泉實的房間說不定就會變成倉庫。

話雖如此，一直擔心著未來也不是辦法。現在泉實有想做的事。

立掛在房間牆上的弓、弓筒、弓懸或護具等的一整套道具，接著是弓道服。她將這些全擺到房間地上，再用手機拍下來——啊，光線不夠亮拍不好。於是她打開窗簾，再拍一張。很好，完成了。

總算拍到一張還不錯的照片，於是泉實將照片上傳到網路上。動態時報上全都是年底派對的照片，但她看也不看，只上傳了剛剛拍下的照片。

『明年的目標：回歸！』

並加上這個內容。她並沒有要給誰看的意思。只是想替之前注意力放在別人身上的自己做出區隔；並非為了討好誰而裝扮自己，而是以真正的自己上傳照片。

——不對，說不定她希望某個人會看到。

如果說哥哥在某間由貓咪經營的不可思議店舖裡守護著自己，希望他能看到。她把哥哥教她的道理藏在心中，以這個姿態，踏出新的一步。

結語

「哈啾！」

店長看著預錄的時代劇，打了個噴涕。

「喂，小鬼，是不是變冷了？」

「有嗎？」

青年歪著頭回答。

「店長有暖呼呼的毛皮應該不冷吧。而且毛挺長的。」

說到這兒，青年才恍然大悟。

「難不成是開始禿了？雖然每到季節變換的時候，都會掉一堆毛，但是不是開始不長毛了？」

「無禮！是空調不好！」

店長手腳亂揮，發脾氣。

「有沒有貓咪用的假髮呢？還是說，用掉下來的毛來做比較合適。」

「老夫才不需要假髮！別太瞧不起人了！」

店長不高興地把臉撇開。

「好了好了，開個玩笑。別生氣了。」

青年安撫他，店長仍不把臉轉回來。

「真拿你沒辦法。」

青年走向鬧脾氣中的店長，店長仍是繼續撇著頭。一邊搖著尾巴，目不轉睛地看著電視。

「來，這給你。」

青年在店長脖子上圍了個東西。

「唔——」

「之前為了當範本我先做到一半，後來覺得時機正好，就順手打完了。」

那是一條圍巾。顏色是從綠轉藍的漸層色毛線，寬度也正好適合貓咪。

「唔。」

店長睜大眼睛，感到詫異。

「覺得怎樣？」

「唔。」

「除了『唔』以外，就沒其他話可說嗎？」

「唔。」

「真受不了你，沒辦法，那我去整理倉庫了。」

說完，青年就從廚房後門出去。

「——唔嗯。」

被留下來的店長，眼睛一瞇，喉嚨發出呼嚕聲。

「啊，對了。」

原本到外面去的青年又再度回來。

「咳咳！」

店長誇張地大聲咳嗽。

「是不是感冒了？雖然我不知道貓咪會不會感冒。」

青年傷腦筋地問道。

「老夫才不會感冒呢！」

即使如此，店長仍然沒把頭轉回來。

後記

各位讀者們大家好。我是尼野ゆたか。由於後記只有一頁，容我先寫謝辭。

責編M崎先生。謝謝你從頭一路相挺，引導我完成本書。上班前先將需要完成的事項條列給我，並一一反覆檢查，萬分感謝！

替本書畫封面插畫的山貓哥哥（山貓兄妹）老師。謝謝您畫出超讚的店長。那樣的存在感！那樣的自大狂妄！那樣的可愛！閱讀本書的各位讀者想必都感受得到，這正是不折不扣的貓庵店長！

為我提供各種手工藝的建議，以及各樣協助的I本先生。還有I本先生飼養的貓卡邁爾探員（自己亂取的暱稱），以及家人和友人們，在此由衷地感謝各位。

本書付梓出版的過程中鼎力相助的各方人馬，當然也有閱讀本書的各位讀者。多虧有各位的幫忙，尼野ゆたか才能夠順利成為作家。再多的道謝都不足以表達我內心的感激。

順帶一提，故事中登場的甜點全都真實存在，也是我尼野ゆたか吃過的甜點。每個都是令人食指大動滋味絕美的點心，有機會的話請務必嚐嚐。貓庵掛保證！

二〇一八年八月吉日　尼野ゆたか

5/31 20

高寶書版集團
gobooks.com.tw

TN 267
維修專門店貓庵：為需要的人出借肉球
お直し処猫庵 お困りの貴方へ肉球貸します

作　者　尼野ゆたか
主　編　吳珮旻
譯　者　李惠芬
責任編輯　賴芯葳
封面設計　林政嘉
內頁排版　賴姵均
企　劃　何嘉雯

發行人　朱凱蕾
出　版　英屬維京群島商高寶國際有限公司台灣分公司
Global Group Holdings, Ltd.
地　址　台北市內湖區洲子街88號3樓
網　址　gobooks.com.tw
電　話　(02) 27992788
電　郵　readers@gobooks.com.tw（讀者服務部）
pr@gobooks.com.tw（公關諮詢部）
傳　真　出版部　(02) 27990909　行銷部 (02) 27993088
郵政劃撥　19394552
戶　名　英屬維京群島商高寶國際有限公司台灣分公司
發　行　英屬維京群島商高寶國際有限公司台灣分公司
初　版　2020年5月

國家圖書館出版品預行編目(CIP)資料

維修專門店貓庵：為需要的人出借肉球 / 尼野ゆたか作；李惠芬譯 -- 初版. -- 臺北市：高寶國際出版：高寶國際發行, 2020.05
面；　公分. -- (文學新象；TN 267)

ISBN 978-986-361-826-3(平裝)

861.57　　109003601